Flávia Pimenta

Vidas Cruzadas

Quando o amor é o próprio destino

Copyright © 2023 Flávia Pimenta
Copyright © 2023 INSIGNIA EDITORIAL LTDA

Todos os direitos reservados. Nenhuma parte desta publicação pode ser reproduzida ou transmitida de qualquer forma ou por qualquer meio — gráfico, eletrônico ou mecânico, incluindo fotocópia, gravação ou outros — sem o consentimento prévio por escrito da editora.

EDITOR: Felipe Colbert

FOTOGRAFIA DA CAPA: Ana Luiza Rigon

FOTOGRAFIA DA BIO: Lúbina Laguna

COPIDESQUE: Felipe Colbert

CAPA E DIAGRAMAÇÃO: Equipe Insígnia

Publicado por Insígnia Editorial
www.insigniaeditorial.com.br
Instagram: @insigniaeditorial
Facebook: facebook.com/insigniaeditorial
E-mail: contato@insigniaeditorial.com.br

Impresso no Brasil.

Dados Internacionais de Catalogação na Publicação (CIP)
(Câmara Brasileira do Livro, SP, Brasil)

Pimenta, Flávia
   Vidas cruzadas : quando o amor é o próprio
destino / Flávia Pimenta. -- 1. ed. -- São Paulo :
Insígnia Editorial, 2023.

   ISBN 978-65-84839-15-1

   1. Romance brasileiro I. Título.

23-142016   CDD-B869.3

Índices para catálogo sistemático:

1. Romance : Literatura brasileira   B869.3

Aline Graziele Benitez - Bibliotecária - CRB-1/3129

*Dedico este livro
a cada um que já sofreu a
imposição do pertencimento.
Com o anseio que encontre
o amor-próprio, a cura e o
seu lugar no mundo.*

Agradecimentos

Sempre, e primeiramente, a Deus.
À minha irmã Claudia, pelo apoio.
À minha comadre Milena e suas lindas filhas
Leticia e Isadora por esta capa maravilhosa.

Se as coisas são inatingíveis. Ora!
Não é motivo para não querê-las...
Que tristes os caminhos, se não fora
A presença distante das estrelas!

MARIO QUINTANA

Sumário

Prólogo	13
Capítulo Um	15
Capítulo Dois	23
Capítulo Três	27
Capítulo Quatro	31
Capítulo Cinco	35
Capítulo Seis	39
Capítulo Sete	43
Capítulo Oito	47
Capítulo Nove	49
Capítulo Dez	53
Capítulo Onze	57
Capítulo Doze	61
Capítulo Treze	67
Capítulo Quatorze	71
Capítulo Quinze	77
Capítulo Dezesseis	83
Capítulo Dezessete	87
Capítulo Dezoito	91
Capítulo Dezenove	95
Capítulo Vinte	99
Capítulo Vinte e um	101
Capítulo Vinte e dois	105
Capítulo Vinte e três	107
Capítulo Vinte e quatro	111
Capítulo Vinte e cinco	115
Capítulo Vinte e seis	119
Capítulo Vinte e sete	125
Capítulo Vinte e oito	129
Capítulo Vinte e nove	133

Capítulo Trinta	137
Capítulo Trinta e um	143
Capítulo Trinta e dois	145
Capítulo Trinta e três	147
Capítulo Trinta e quatro	153
Capítulo Trinta e cinco	157
Capítulo Trinta e seis	159
Capítulo Trinta e sete	163
Capítulo Trinta e oito	167
Capítulo Trinta e nove	171
Capítulo Quarenta	173
Capítulo Quarenta e um	179
Capítulo Quarenta e dois	181
Epílogo	185
Bônus	187

Prólogo

Enquanto tomava meu chá de camomila, um ritual noturno, ouvia a chuva que caía torrencialmente, o que é raro em Santa Graça, mas naquele dia o céu parecia chorar de tanta água derramada. Antes de me deitar, conferi se as janelas estavam fechadas e a casa protegida.

"*Vá até a porta, abra*" — algo sussurrava no meu coração. Eu obedeci "às ordens" que meus pensamentos me empunhavam e, ao abrir a porta, vi, caída e encolhida, uma jovem menina, cuja situação me assustou e me arrebatou ao mesmo tempo.

Assustada e inacessível, foi difícil convencê-la a entrar. Até que, por fim, estava dentro de casa. Dei-lhe uma toalha quente, uma roupa limpa e um prato de comida. Arrumei um lugar para que dormisse. Ela permanecia calada e eu a respeitei, especialmente pelo seu olhar de medo.

Os dias passaram e ela continuou comigo, tão perdida e sozinha, só precisava de amor. E tal como um pai podia, dei-lhe e ganhei sua confiança, e nos tornamos amigos — dentro dos limites que a inóspita situação em nossas vidas permitia.

Olívia era seu nome. Sempre se assustava quando a porta batia ou alguém chegava. De Deus nada conhecia, mas tornou-se fiel a Ele depois que a doutrinei. Essa aproximação com o Divino também me enternecia, confesso. Era como se ela retribuísse simultaneamente a Deus e a mim pelo amparo.

Era bom ter a sua companhia. O que eu pude fazer foi no acolhimento e ensino. Às vezes ela parece um anjo perdido, outras vezes um anjo que veio ao meu encontro para me ensinar a ser melhor. Nunca na minha vida pensei em ter uma família, tanto que optei pelo sacerdócio, mas Olívia é como uma filha. Sempre será, e isso ultrapassa qualquer dogma religioso.

Capítulo Um

LEONARDO

Santa Graça é uma cidade pequena, pacata e precária em vários aspectos. Falta saneamento básico, estrutura e tecnologia, mas sobra gente feliz, de coração puro, sorriso acolhedor, ricos de gentileza, tudo o que me fazia falta e eu nem me dava conta, tudo o que preenche lá dentro e o que efetivamente precisa ser preenchido.

Estou cansado, física e emocionalmente, é uma árdua tarefa ficar longe de casa e da família para realizar meu trabalho voluntário, pois é tudo restrito e difícil no tocante à assistência médica, mas ver a esperança nos olhos de tantas mães, crianças ganhando uma nova chance e doar o mínimo de qualidade de vida a essas pessoas faz tudo ser possível, suportável e valer a pena. Apesar das dificuldades, realizo com e por amor a vida. Mesmo que exista uma desconfiança social quanto à vocação genuína, sei que minha escolha foi ancorada no amor, e isso é o farol que norteia meus dias e minhas decisões.

Agora, ter minha esposa em meu encalço, me cobrando e questionando, é irritante e a última coisa que eu preciso — uma relação que traz rescaldos de algo num momento inoportuno. Eu não sei em qual instante me perdi e errei na escolha da pessoa, que no meu conceito de casamento, seria o meu: *felizes para sempre*. Isso traz um fardo que me divide entre o sentimento de culpa e a própria incapacidade de lidar com esta situação.

— Não aguento mais esse calor escaldante, eu realmente não entendo o que motiva você a se enfiar num buraco como esse, a passar por todo tipo de privação, atendendo esse monte de "gentinha" sem ganhar nenhum centavo, Leonardo. Estou falando com você, dá pra responder?

Sua voz me irrita em níveis consideráveis, sem contar a sua perseguição feito uma sombra, no caso, indesejada.

— Essa "gentinha" que você fala é gente como nós. São seres humanos sem recursos precisando de médicos para cuidar da saúde deles, o governo os ignora. Então, médicos generosos se dividem país afora, através de ONGS, ou de maneira particular, para atendimentos gratuitos, doando um pouco de dignidade, e eu sou um desses médicos, já expliquei isso mil vezes. E francamente, Marcela, nessa equação, quem não cabe aqui é você e muito menos a nossa filha.

Presto serviço comunitário em Santa Graça e minha esposa, no último mês de gestação, se arriscou a vir me visitar apenas com o intuito de "averiguar" se eu estava falando a verdade sobre o trabalho que faço há oito meses e "só agora" decidiu saber, se importar. Sanada suas dúvidas, ela quer voltar para casa, mas precisa me esperar para retornar, o que ainda levará dois dias, dois torturantes dias para ambos.

Estas desnecessidades impostas por Marcela que invadem a seara profissional, meu lugar de sombra e refrigério íntimo, me deixam com mais irritabilidade.

— Eu sei que essas pessoas precisam de médico, eu sei, mas que vão ao SUS, que os médicos dos *raios que o partam* as atendam e não meu marido e pai da minha filha! — ela grita frustrada comigo e a situação (que saco). — E também você é um grosso, não deveria ter vindo, sou uma tola! Podia estar no conforto da minha casa, quero dizer, "nossa", só que permaneço tanto tempo sozinha que nem sei mais se ainda "somos".

Santa resignação, não tenho mais paciência com Marcela, seus chiliques e egoísmo, embora tenha demorado a perceber o óbvio.

— Desculpe, ok? Venha, tenho apenas dois atendimentos e voltaremos ao hotel para que você descanse. — Passo as mãos nos cabelos, frustrado com tudo.

— Nem sei o que é pior. Ter que te acompanhar ou ficar naquela espelunca. Naquele lugar nem ar-condicionado tem, o ventilador range tanto que a impressão é que cairá na minha cabeça. Só um louco como você, uma pessoa "tão altruísta", não? — diz com ironia e acelero os passos. Ouço seu berro: — Ai, Leonardo, me espera!

Tento recuperar o bom humor e ignorar a presença de Marcela em meu espaço sagrado, o que é bem difícil. Ela é uma mulher alta, loira e muito sofisticada, destoa entre essas pessoas humildes. Tenho receio e vergonha dela diante deles, que além de doentes, vão se sentir humilhados. Por isso escolho deixá-la acomodada e descansando no hotel para depois voltar com os atendimentos. Ela acata a minha ideia e voltamos no jipe sacolejando pelas ruas esburacadas. Tento ir devagar para não prejudicar o bebê, mas durante o trajeto ela reclama e me ofende; apenas ouço para não criar uma nova briga, e digo a mim mesmo: "Abstraia, isso há de passar".

Marcela e eu nos casamos jovens e apaixonados demais. Hoje vejo o quanto fomos impulsivos, mas na época, era tão certo... Contudo, o que é certo em determinada fase da vida se transmuta, readquire significados e valores. Já estávamos formados e começamos a trabalhar, sonhávamos em construir um futuro e uma família juntos. Somos de famílias com o mesmo poder aquisitivo, a tal "classe social" para a qual eu não dou à mínima, mas que, para Marcela, importa muito.

Tivemos uma boa criação, sem privações e muito amor. Nossos pais são pessoas trabalhadoras e com o trabalho alcançaram uma boa posição. Por causa disso, podemos gozar de alguns privilégios, mas embora eu tenha condições financeiras, também tenho um bom coração e sempre me preocupei com os menos favorecidos, desde criança. Ter a capacidade de olhar além da sua própria vida e condição, e dar de si com o compromisso interior de ser um agente de mudança, são coisas que nunca saíram da minha mente e dos meus objetivos, e Marcela sabia disso.

Marcela é filha única, seus pais são economistas e ela seguiu o mesmo caminho, todos trabalham demasiadamente na Bolsa de Valores, são fissurados por números e ascensão. Eu tenho duas irmãs e sou o caçula do trio, e contrariando uma família de advogados e magistrados, estudei medicina.

Acontece que as minhas diferenças com Marcela surgiram com o tempo e tornaram-se gritantes. Ela começou a reclamar dos meus horários, eu fazia residência e plantões para nos manter, por isso nos víamos raramente e geralmente eu estava cansado, mas gostava de curtir com ela em casa, um jantar, uma conversa, um carinho, só não tinha pique para sair. Mas ela dizia que isso era coisa de velho, se esquivava de mim e começou a sair sozinha, ir para baladas, chegar bêbada e de madrugada, tornou-se compulsiva por moda, beleza e status, o meio ao qual se inseriu "exigia" isso, como ela dizia. Assim, paulatinamente, um abismo de valores foi se pondo em nossos pés de maneira quase intransponível, e eu permiti.

Tornamo-nos conhecidos morando juntos. Não era esse relacionamento que eu queria para minha vida, por isso tomei a decisão de pedir o divórcio. E para "fugir" um pouco de tudo, já que estava no último mês de minha residência, aceitei um trabalho temporário e voluntário em uma ONG. Nossa conversa sobre o divórcio foi fria e impessoal, nenhuma tentativa de diálogo ou arrependimento. Marcela aceitou fácil e ao menos ali não esboçou nada além de preocupação material.

Ledo engano. No outro dia, chegou em casa chorando, fez chantagens e eu, motivado por sua tristeza repentina e minha vontade de tentar, repensei e voltei atrás dando uma chance a nós, afinal podia ser o turbilhão de acontecimentos, a ausência física, e decidimos fazer as mudanças que apontamos; reatamos o que nunca havia acabado e foi bom, esquentou a nossa relação, quase como personagens dispostos a tentar ser quem não éramos em nome do suposto sentimento. Mas infelizmente o *conto de fadas* durou apenas duas semanas, até Marcela comprar um carro absurdamente caro (porque ela não poderia ter um carro inferior ao da sua amiga do SPA) e cansada de ficar presa no apartamento, marcou uma viagem com amigos para testar o "possante". Em nenhum momento me incluiu ou perguntou a minha opinião, apenas foi se divertir e gastar um dinheiro que era nosso *plano de futuro*.

Sozinho no apartamento e sem sentir a falta de Marcela, percebi que nem eu e nem ela estávamos felizes. Repensei meu trabalho na ONG e ainda dispondo da vaga, aceitei novamente. Arrumei as malas, deixei um bilhete me despedindo e dizendo tudo o que sentia. Saí levando apenas as coisas pessoais e, honestamente, as únicas que eram de fato importantes para mim naquele momento.

Marcela nem mesmo questionou, não ligou ou mandou uma mensagem, nada. Eu não sabia o que ela estava pensando ou sentindo, se estava aliviada, se havia contado para nossa família. Após um mês de silêncio dela e da minha partida, ela finalmente ligou. Assim que atendi, disse-me apenas:

— Leonardo, eu estou grávida.

Claro, foi um choque, e eu não poderia abandoná-la, então voltei para casa para conversarmos.

Mais uma vez reatamos numa tentativa de fazer dar certo ao menos pela criança. Eu não renunciei ao trabalho da ONG porque era temporário e acabaria antes do nosso bebê nascer, contrariando seus ataques de fúria e suas inúmeras chantagens. No fundo esse trabalho foi uma escapatória, uma maneira que encontrei para desaparecer por um tempo.

Apesar de tudo, eu estava feliz com sua gravidez. Uma vez por mês eu ia para casa e acompanhava as consultas; participei do desenvolvimento da nossa filha, foi uma alegria descobrir que era uma menina. Estava realmente vivendo como marido de Marcela, embora sem sentimentos, oco por dentro, só o trabalho e a minha filha me alimentavam e me animavam.

Por sua vez, ela continuou com as saídas, amigos e gastos exorbitantes. Reclamava o tempo todo que a gravidez "iria acabar com seu corpo", e eu amenizava suas neuras com elogios, embora sinceros, que saíam mecanicamente, pois tudo que me ocorria era salvaguardar o resto de humanidade que o convívio poderia nos permitir, com todos *os pesares e apesares*. Ninguém de nossas famílias sabia da verdade sobre nós, sobre nossas crises, ou ao menos eu pensava assim.

Prestes a voltar para casa pelo final do contrato do meu trabalho voluntário e também porque minha filha estava próxima de nascer, recebi a informação de que Marcela estava em Santa Graça. Fiquei puto da vida por sua irresponsabilidade em viajar sem me avisar no final de uma gestação. Eu quis matar o médico que permitiu que ela viesse.

Marcela teve a infelicidade de "fazer uma surpresa", na verdade deixou escapulir que veio averiguar se eu não tinha uma amante. Cada vez que ela fala uma asneira dessas, eu me pergunto em qual momento me apaixonei por ela. Sempre foi assim? Em que instante ela mudou? Ou eu mudei? Porque um casamento não é responsabilidade apenas de um, se há erros, problemas, a culpa é dos dois, e ao menos um destes dois precisa de discernimento para reestruturar o cenário.

Ela é uma mulher linda, cheia de vida, inteligente, trabalhadora, é competente, certamente uma mulher admirável, mas lhe falta algo que eu preciso: a ternura, a doçura, o amor ao próximo e também a religião. Marcela é ateia e eu, católico fervoroso. Sempre imaginei que eu poderia persuadi-la, levá-la ao encontro com Deus. Doce ilusão. Se eu não tivesse tanta fé, teria me afastado de Deus e isso sim, seria mais trágico do que um casamento terreno desfeito. Minha aliança com o Senhor ultrapassa qualquer coisa que tenha a ver com Marcela. E eu sei que em mim faltam coisas que ela precisa: a aventura, a ambição, a juventude, o desprendimento. Precisamos nos ajustar para incluir nossa filha dentro de nossas imperfeições e amá-la acima de tudo, nisso somos totalmente compatíveis, regozijamos e ansiamos por essa vida.

Estou estacionando em frente ao hotel ou *espelunca,* como ela diz, quando seu grito, ao meu lado, me chama a atenção. Seu olhar é de medo. Marcela está com as mãos na barriga gritando algo como "*dor*", "*vai nascer*", "*me ajuda*" e, de repente, desmaia no banco do passageiro. Esqueço-me que sou médico, acelero dali sem a menor noção do que estou realmente fazendo e em menos de cinco minutos paro o carro de qualquer jeito em frente ao pequeno e único hospital da região, um lugar precário, praticamente abandonado. Se não fosse um colega de profissão que dedicasse totalmente sua vida ali, nem atendimento teria. A única enfermeira e também recepcionista do local nos encaminha à sala de parto que mais parece um ambulatório quebradiço, e numa maca simples, Marcela, que já está desperta, é colocada.

Enquanto o médico se prepara, acalmo Marcela, evitando seu ataque de pânico. Não demora para sua ira recair sobre mim, maldizendo o lugar, culpando-me; deixo que exorte tudo, beijo sua testa e mantenho a paciência. O médico consente minha presença. Eu coloco as roupas apropriadas para entrar no centro cirúrgico e de mãos dadas com Marcela, assisto ao nascimento da minha primeira filha. A situação é estranha, apesar da minha experiência como cirurgião, quando se tem amor em jogo a coisa muda de figura e sou apenas um expectador inexperiente nesse momento, aflitivo e inseguro.

Minha menina nasce e sou o primeiro a pegá-la no colo, linda, perfeita, uma boneca, uma emoção indescritível, um sentimento tão forte que em menos de segundos a torna a pessoa mais importante da minha vida. Entre lágrimas, declaro todo o meu amor a ela, que se chamará

Bruna, nome escolhido por Marcela. Ao levar minha filha até a mãe, noto que algo está errado e a cena me mata por dentro. Marcela começa a desfalecer sem nem ao menos olhar para a filha, e eu sei o que está acontecendo, ela está tendo uma hemorragia.

A enfermeira retira a criança do meu colo, o médico diz o que eu já sei, a gravidade da situação, ando em círculos na sala, buscando alguma solução, temendo a vida da minha esposa, afinal aqui não tem UTI, nem sei se há medicamentos suficientes, é desesperador. O médico age rápido e com eficiência, e eu o auxilio em tudo o que precisa. E se já não fosse torturante a situação de Marcela estar entre a vida e a morte, a enfermeira entra desesperada na sala dizendo que chegou uma emergência no hospital e que o paciente também corre risco de vida e precisa de atendimento médico.

O doutor, sabendo que sou médico, me suplica ajuda, implora para que eu o atenda. Dividido entre deixar Marcela e salvar outra vida, saio nervoso e desnorteado, sem saber o que será da minha esposa, sem saber como está a minha filha, mas outra pessoa precisa de socorro também e eu seria um criminoso em negar, sendo que Marcela já está sendo atendida.

Na recepção, sentada numa poltrona, há uma jovem grávida que grita e transpira de dor. Afiro sua pressão constatando que está abaixo do normal. Isso me preocupa, afinal não há tempo, o bebê está prestes a nascer. Só Deus sabe como consegui administrar duas situações limites mantendo firmeza no meu voto como médico e, acima de tudo, tendo lucidez o bastante para agir e não apenas sentir.

Como a única sala cirúrgica está ocupada por minha mulher, levo a moça em meus braços até um quarto do hospital e deposito seu corpo frágil na cama. A enfermeira traz as coisas necessárias e me avisa que precisará auxiliar o outro médico. Seu desespero é visível. Com o material disponível, realizo o parto, que felizmente é rápido e em menos de vinte minutos a moça dá à luz a uma linda menina. Cuido de ambas; enrolo a neném num lençol e dou no colo da mãe que chora intensamente falando baixinho com a criança.

Fico triste ao constatar que a jovem estava sujeita à própria sorte, dando à luz sem que ninguém a apoie, ato tão comum por aqui. Penso em Marcela, que nem pôde segurar sua filha no colo e deixo uma lágrima sofrida me escapar. A enfermeira volta e leva a bebê, depois me avisa que as duas crianças passam bem e que cuidará delas. A moça, após estar devidamente higienizada, sucumbiu ao sono. Eu a cubro e saio do quarto.

Corro até Marcela, ciente da sua situação, e o desespero me engolfa. Chego na sala em que ela está e antes que eu entre, o médico sai cabisbaixo e arrasado. Ele não precisa falar nada para eu saber o que aconteceu.

Escorrego pela parede gritando minha dor. Me sinto incapaz, culpado, um nada. Tudo passa pela minha mente como um filme, o primeiro dia em que nos conhecemos, nossos momentos de alegria, nossos momentos de tristeza e brigas, seu sorriso, sua beleza. *Nãooooo. Nãooooo, não pode ser!* Não posso ter perdido Marcela dessa forma, independente de qualquer coisa era minha mulher, era jovem, tão cheia de vida. Meu Deus! Minha filha já chegou ao mundo sofrendo, sem mãe! Minhas lágrimas são gritos silenciosos, de como quem pede inconscientemente misericórdia.

É horrível entrar na sala e ver Marcela morta. Meus anos como médico, mesmo atestando óbitos quase diariamente, não me prepararam para isso. Minha vontade é morrer também. Toco suas mãos frias e peço perdão por tudo, por ter trazido ela a este fim de mundo, mesmo que involuntariamente. Toda a culpa é minha e eu carregarei este peso e esta dor para sempre. Nem vejo minha filhinha, cuido de todo protocolo para deslocamento do corpo. Falo com meus pais e covardemente peço que eles avisem os pais de Marcela. Imagino a dor deles, sua única filha se foi, e por causa do irresponsável do marido.

Não sei em que momento o médico me seda, só sei que acordo com o toque do meu pai em meu braço. Ah! Vê-lo aqui é tão reconfortante, meu amigo e meu parceiro de todas as horas. Abraçado a ele, choro descontroladamente, como uma criança. Levanto o olhar e avisto os pais de Marcela, que me encaram com dor, com mágoa, com ressentimento. Nesse momento, vejo que eles jamais me perdoarão.

Os pais dela terminam de cumprir os protocolos funerários e retornam para São Paulo na mesma noite. Minha irmã chega pela manhã para ficar com Bruna e só então pego minha filha no colo. Olho o rostinho lindo e inocente que carregará uma grande carga na vida. Deixo ambas acomodadas no hotel da capital e pego o voo para São Paulo com meu pai. O enterro é a coisa mais triste que já presenciei em minha vida e eu não sei se é minha consciência que me aflige, mas todos os olhares voltados para mim são de acusação. Como se eu, somente eu, o emblemático e visível responsável por uma tragédia.

Mamãe me faz ficar por mais dois dias em sua casa. Eu não tenho coragem de voltar ao apartamento onde vivi com Marcela. São tortuosos dois dias mexendo com a parte burocrática de tudo, uma grande droga esses procedimentos que servem apenas para massacrar ainda mais sua dor. Só então retorno para João Pessoa para ficar com minha filha e para que minha irmã volte para casa, afinal ela também tem seus próprios filhos.

Bruna está linda, muito bem cuidada. Olhar esse ser indefeso que só tem a mim me enche de amor e esperança. Agradeço minha irmã e quando ela me abraça, eu desabo em um novo choro incontrolável.

— Ei, meu irmão, chora, chora bastante, deixa essa dor sair, porque depois você precisará ser forte por você e por essa princesinha aqui, viu? Que por sorte é um anjo de criança, não dá um pingo de trabalho, aceitou bem a mamadeira, dorme a noite inteira, uma benção essa garotinha da titia.

Afasto-me de Letícia e quando olho o pacotinho na cama, sorrio pela primeira vez.

Minha irmã deixa uma aula de como proceder com um bebê. Depois que se vai e ficamos sozinhos, Bruna chora pela primeira vez comigo. É muito difícil cuidar de uma criança, pequena demais, molinha demais, eles podiam ensinar isso na faculdade.

Em meio à minha dor, cuido da minha filha e durante 30 dias somos apenas nós dois. Mamãe e minhas irmãs me socorrem pelo telefone diante de alguma dúvida. Assim que Bruna toma suas vacinas e está bem, vamos para São Paulo e para uma nova vida.

Para mim, uma vida triste, cheia de culpa, mas que precisa ser vivida, se não por mim, por minha filha.

Capítulo Dois

OLÍVIA

Sete anos depois...

— Bruna, a mamãe já falou para você não subir aí. Você pode cair e se machucar, querida, sem contar a bronca que irá levar da irmã Tereza. Desça, por favor.

Bruna é a menina mais sapeca que eu já conheci na vida, é um "molequinho", como dizem as irmãs. Uma energia inesgotável, mas quando abre seu sorriso, amolece os corações, isso é fato.

— Mamãe, fala baixo, estou aqui escondida da madre Tereza, ela quer que eu vá rezar com ela o rosário de novo, fica quietinha. — Dá vontade de rir e ajudar Bruna a se esconder, pois a irmã realmente exagera nas orações, mas não posso fazer isso, preciso ser exemplo pra ela. Seguro o riso e desço a minha menina do muro com cuidado, meu pequeno e arteiro anjo.

— Arrrrrrá! Te achei, pequena fujona, vamos, vamos, a mãezinha do céu nos aguarda.

Bruna revira os olhos e abaixa a cabecinha num ar de derrota, depois sai de mãozinha dada com a madre Tereza para a sala de oração. Mal sabe ela que dos males, esse é o menor. Quem me dera ter tido alguém para me dar a mão algum dia.

Estou na varanda do convento, num jardim central lindo, adornado de flores, árvores e bancos, olhando a figura daquelas duas pessoas tão importantes na minha vida. Agradeço a Deus. Irmã Tereza é a freira mais velha do convento Luz Divina, ela me adotou como filha e sei que Bruna é como se fosse sua netinha. Todas as irmãs nos amam e mimam minha Bruna, e não há nada que deixe uma mãe mais feliz do que ver sua filha amada e protegida.

Lembro-me de quando cheguei com ela recém-nascida. Eu estava assustada e sozinha no mundo. Bem, não tão sozinha, foi o padre Rudimar quem me trouxe e pediu que elas me acolhessem. Se hoje estou viva, devo ao homem que foi a primeira pessoa a me olhar com compaixão, a quem não fui invisível mesmo diante das minhas fragilidades e impossibilidades.

Elas me ensinaram o que é o amor e uma família de verdade, apresentaram-me a um Deus que eu nem imaginava existir, que para mim, havia me abandonado. Tornei-me amiga de cada uma delas e o mais importante, Deus se tornou meu melhor amigo. A vida aqui não é fácil, há regras e mais regras, muito trabalho no convento, tanto para nossa sobrevivência e manutenção do local quanto em todos nossos projetos solidários. Mas não me canso, não reclamo, aqui realmente comecei a viver, subir do inferno para o paraíso. Eu era analfabeta e as irmãs me ensinaram a ler e escrever, a cozinhar, a limpar e a cuidar da minha filha. Tudo o que sei e sou, devo agora às minhas "mães" do coração.

Elas tiveram tanta paciência comigo... Era como um bicho acuado, amedrontado e sem nenhuma vocação para tais aprendizados. Aprender a ler e escrever foi mais fácil, acho que porque sempre foi meu sonho. Usávamos a Bíblia como livro principal, fazia minhas atividades sobre ela, e ao mesmo tempo em que aprendia a ortografia, ia sendo catequizada. Na cozinha, eu lia todos os rótulos dos ingredientes, lia as receitas repetidas vezes e assim, foram me moldando na mulher de hoje.

No convento, dormimos cedo e acordamos "com as galinhas". O jantar é sempre uma sopa leve com pão, rezamos antes de todas as refeições e nos revezamos tanto no feitio da comida quanto na limpeza do refeitório. Eu e Bruna dormimos no mesmo quarto, ele é menor que os outros aposentos, mas temos um pouco de privacidade. Já recolhidas, conversamos baixinho para não atrapalhar o sono das irmãs. É nossa diversão, ficarmos sussurrando, como se fosse nosso "grande segredo".

Conto algumas historinhas para ela (as poucas que conheço e são permitidas) e sonhamos em um dia conhecer o mundo. Claro que somos felizes e muito agradecidas por tudo que temos aqui, mas temos vontade de visitar outros lugares. Bruna gostaria de ir à escola (aqui ela é alfabetizada pelas irmãs) para ter amiguinhos, e eu gostaria de ter um trabalho remunerado, escolher aonde ir, o que fazer, o que comprar. Não é rebeldia e nem tomo isso como ganância ou busca de liberdade; sou livre aqui, é só um sonho mesmo. Nem sei se um dia será possível realizá-lo, porque sair daqui significa enfrentar *perigos*, estar sozinha no mundo, e não sei se posso ou se tal risco valeria a pena.

Eu sei que aqui minha filha jamais sofrerá o que eu sofri, ninguém roubará sua inocência, machucará seu corpinho, ninguém destruirá seu sorriso, sua vontade de viver. Se não fosse por ela, eu não teria conseguido ser feliz. Bruna é minha alegria e minha vida, e por ela, renuncio a tudo.

Bruna é loirinha de olhos azuis, uma verdadeira princesa, não se parece comigo nem com o desgraçado do seu progenitor, o meu padrasto, então na minha imaginação acredito que ela tenha puxado o avô, no caso, meu verdadeiro pai, que eu não conheci, mas certamente ele tem olhos azuis. Finda mais um dia, onde durmo feliz, abraçada ao meu "pinguinho de gente" e agradecendo a Deus por ter-me "encontrado" e me dado esse presente tão precioso, que nem sei descrever.

Mais uma noite que desejo sonhar com o médico que salvou a minha vida, que tão gentilmente cuidou de mim e do meu bebê, apesar das dores e de delirar muito na hora do parto. Foi seu toque e olhar gentil que me ajudaram a ter forças e eles ficaram gravados no meu peito. Parti do hospital com minha filha sem nem ao menos agradecê-lo, havia muita gente e confusão no outro dia e eu estava apavorada em ser encontrada, não me despedindo de ninguém. Faz sete anos que ele invade meus sonhos e nem sempre estou dormindo.

Capítulo Três

LEONARDO

— Bruna, o papai já falou que você não pode ir, não adianta ficar chorando, filha. — Estou agachado em frente ao corpinho trêmulo da minha pequena, de tanto chorar. Quase todos os dias é essa luta para eu sair para o trabalho e confesso que isso me amolece por inteiro.

— Mas eu fico quietinha lá, papai, não te chamo, não converso, só quero ficar te olhando.

Ah, que vontade de fazer o que ela me pede. Bem, sempre faço todos os gostos desta garotinha, ela me ganha na manha, mas esse pedido é o único que não posso atender, não posso levá-la todos os dias a um hospital e nem posso deixar de trabalhar e tampouco ela de estudar. Ela precisa entender.

— Daqui a pouco a tia Letícia e seus primos virão te buscar para irem para a escolinha, você ficará só um pouquinho com a Dona Joana, vamos lá, não deixe o papai ir trabalhar chateado. À noite, poderemos fazer um macarrão juntos, que tal?

Mesmo tristinha, eu vejo que minha proposta a anima um pouco. Desde que Marcela morreu, eu nunca mais me envolvi com ninguém e raramente me envolvo fisicamente, parece que me tranquei para o mundo, para as mulheres, para a vida, talvez seja a maneira involuntária que encontrei para me punir e amenizar a culpa que me assola a cada dia.

Dediquei-me totalmente em cuidar e proteger Bruna, tudo o que eu faço é com ela: viagens, passeios... onde não cabe a minha filha, não me cabe. Meu trabalho é exaustivo e embora todos me cobrem que eu deva me divertir e sair, não sinto falta de nada. Bruna e o meu trabalho me bastam. Também a igreja, onde encontro força e renovo minha fé e sinto como se Deus, ao menos Ele, não me condenasse, pelo contrário.

Chegar ao hospital e receber o olhar de gratidão dos meus pacientes, chegar em casa e receber o olhar de amor da minha filha, preenchem qualquer coisa em mim. Pode ser meio estranho um cara de 36 anos estar solteiro há sete anos, diria até inacreditável para muitos, mas não devo satisfação a ninguém, estou bem assim e pronto. Além do que jamais admitiria alguém maltratando ou mandando em minha filha, acho que perderia a cabeça. Quando estou no limite do meu corpo, faço sexo descompromissado, mas não curto essa relação "robotizada", então é algo raro.

Assim que vim de João Pessoa com Bruna recém-nascida, vendi o apartamento em que morava com Marcela e comprei um próximo à casa dos meus pais. Foi uma precaução. Caso alguma emergência surgisse, eu os teria por perto. Alegando ser difícil para um homem solteiro criar uma criança sozinho, minhas irmãs se ofereceram, meus pais e até os pais de Marcela para criarem Bruna. Eu não permiti por entender que era fundamental assumir integralmente a tarefa. Devia isso a Marcela, a mim e a minha filha. Embora pareça um sacrifício, não foi e não é. Amo minha pequena e jamais me separaria dela.

Bruna é inteligente, uma menina dócil, de um coração fora do comum. Ela cede tudo, empresta suas coisas, é tão parecida comigo. Não consigo enxergar Marcela em nossa filha, nenhum traço, nada. Seus pais também sempre falam com certo rancor: *"Seu sangue é forte, nossa neta é morena como você, não tem nada da nossa amada filha para nos lembrar, nem mesmo a personalidade, não sobrou nada de Marcela"*.

Isso me irrita pra caramba, afinal, que culpa tenho por Bruna não se parecer com a mãe? Nenhuma. Além disso, ela não é uma substituta da mãe. Eles falam isso na frente da menina e eu tenho que ficar por horas depois corrigindo, dizendo que ela se parece com a mãe, sim, invento vários trejeitos que as duas fazem igual. E seu sorriso ilumina novamente seu rosto lindo. Os avós maternos quase não ficam com a neta, eu não sei se é por raiva de mim ou para se pouparem. Francamente nem insisto, ela tem amor de sobra na casa dos avós paternos.

Minhas irmãs Letícia e Laís (sim, todos temos os nomes com a inicial L) são fantásticas, mulheres lindas e guerreiras, mães de família, e são muito presentes na vida de Bruna, que, aliás, é a única neta. Letícia é mãe dos gêmeos Gabriel e Guilherme (também com a mesma inicial) e Laís é mãe de João Pedro. Meus cunhados são caras fantásticos e somos muito unidos.

Mas apesar de todo amor e atenção que dispensamos à minha garotinha, muitas vezes noto seu olhar tristonho. Já a flagrei várias vezes olhando os primos no colo das mães deles. Nesses momentos, penso em ter alguém para quem sabe preencher essa lacuna na vida dela, na minha, porém "dispenso" na mesma velocidade.

Como combinado, eu e minha princesa preparamos um delicioso

macarrão à carbonara, um dos nossos pratos preferidos, aliás, massa é a nossa preferência. Hoje, em especial, Bruna está falante e me conta como foi o seu dia na escola. Para meu orgulho, diz que auxiliou uma amiga com dificuldades na tarefa e ajudou a senhora da limpeza a carregar os baldes pesados.

— Papai, tenho *dózinha* da Dona Iracema, ela já é velhinha e tem que carregar todos os baldes. — Bruna sempre tem uma "boa ação" embutida no seu dia a dia, às vezes sua maturidade me admira.

— *Bella ragazza*, está pronta nossa macarronada, vamos *mangiare*? — Falo "*italianês*" e faço a mesura de um *maître* para que ela se sente. Bruna retribui abaixando a cabecinha e jantamos felizes e cheios de assunto.

Capítulo Quatro

OLÍVIA

Recebi a triste notícia de que meu querido amigo padre Rudimar sofreu um infarto e está internado, então decidi visitá-lo. Eu não poderia deixar à própria sorte a pessoa que salvou a minha vida, que me acolheu quando nem eu mais me queria. O caminho é torturante, estou chorando por ele, mas também pelo medo do que posso encontrar, ou de *quem possa me encontrar*.

Madre Tereza, que conhece verdadeiramente minha história, me conforta dizendo que ficará tudo bem, que ela estará ao meu lado o tempo todo e ninguém me fará mal. Bruna ficou no convento aos cuidados das irmãs e apenas nós duas seguimos para Santa Graça.

A cidade se aproxima. A cada quilômetro que avançamos com o carro, meu coração acelera, minhas mãos gelam, transpiro frio e tento encontrar forças para continuar. Eu preciso ver o padre Rudimar, ele precisa saber que eu cuidarei dele para sempre.

Fecho os olhos. As lembranças começam a surgir como enxurradas embaralhadas, sem ordem cronológica, um carrossel de emoções com as quais não consigo lidar. Faz sete anos que não volto aqui.

"Shh! Fique quietinha, docinho, se você não se mexer, nada de ruim vai te acontecer."

"Você foi boa menina, vamos fazer como ontem? Se contar para alguém, vocês todas morrem."

"Mamãe, preciso te contar uma coisa."

"Sua vadia, suma daqui..."

— Monstro, monstro, não me toque!

— Calma, querida, estou aqui. Shhhh. Ficará tudo bem, meu anjo.

— Vejo que madre Tereza estacionou a Kombi e está me abraçando. Tive um ataque de pânico e não posso sucumbir, não vou, eles não têm mais poder sobre mim. Ficamos abraçadas por um longo tempo até que volto a respirar normalmente.

— Tudo bem, já me acalmei, eu consigo. Obrigada, irmã por estar comigo e me dar forças. — Ela sorri com doçura e retoma o caminho com uma firmeza invejável.

Quando estacionamos em frente ao hospital, respiro fundo, me recomponho e entro. Recordo o dia que ganhei a minha filha Bruna, do quanto eu tive medo de morrer e de perdê-la, de como Deus cuidou de mim, através das mãos daquele médico atencioso. A enfermeira chama a minha atenção indicando o local onde o padre está e me tira do torpor. A madre pede que eu entre primeiro para vê-lo, por saber do meu desespero.

Abro a porta lentamente e meu peito se aperta ao ver aquele homem bondoso e que tanto amo, indefeso e solitário, deitado na cama. Nas minhas fantasias, ele é meu pai verdadeiro. Está muito mais velho de quando o vi pela última vez. Aproximo-me, afago seus cabelos branquinhos e ele abre os olhos.

— Olívia, você veio, menina, não precisava — sussurra.

— Shh! Não fale nada, claro que eu precisava vir, jamais o deixaria sozinho. Cuidarei do senhor, tá bom?

Ele aperta minhas mãos e vejo a lágrima descer do seu canto de olho. Eu o amo tanto, tanto!

Sento na beirada da cama e velando seu sono, recordo-me de quando nos conhecemos: eu havia me escondido no fundo da igreja, chovia muito e eu tremia tentando me proteger. Ele abriu a porta e, vendo-me encolhida no chão, estendeu-me a mão. Olhei ressabiada e ponderei aceitar o convite que ele fazia para eu entrar.

Como alguém poderia ajudar uma estranha? Existia gente boa? Sem alternativas, aceitei e entrei. Ele me conduziu a uma pequena casa lateral, mostrou onde ficava o banheiro, me entregou uma toalha e roupas limpas. Assim que saí do banho, avistei um prato de sopa quentinha. A cada colherada, eu olhava desconfiada para ele, que disfarçava, não me ver. Mas eu esperava o momento em que ele fosse me atacar. Mais tarde, indicou o sofá que estava forrado com um lençol cheiroso e eu deitei. Em seguida, ele entrou num quarto e fechou a porta. Eu esperei o momento em que viria me machucar, mas não veio. Foram dias nessa mesma rotina e silêncio. Eu pensava sempre o pior, a hora que ele fosse me ferir ou me tocar, ou me mandar embora da casa, até que os dias viraram semanas e pela primeira vez ele falou:

— Garota, saiba que eu nunca machucaria você, sou seu amigo e você pode ficar o tempo que precisar.

O alívio me tomou e eu sorri pela primeira vez.

Eu acreditei nele com todas as minhas forças, lhe contei a minha história e em nenhum momento fui julgada, pelo contrário, ele me disse que suspeitava por causa da minha rispidez. Ele me ensinou a rezar, eu o ajudava com as tarefas de casa e os dias foram passando. Uma grande amizade crescia entre nós. Até que minha barriga começou a aumentar e passei mal.

Padre Rudimar me levou ao médico e confirmamos a suspeita de que eu estava grávida. Entrei em pânico, mas mais uma vez ele disse que cuidaria de mim e também da criança, que resolveria tudo. E novamente depositei toda minha confiança nele, pois foram incontáveis demonstrações reais de que não estava sozinha.

Se não fosse sua bondade, sua mão estendida, eu nem posso imaginar onde estaria agora. Eu continuaria sendo um nada para ninguém. Aos dezesseis anos de vida, quando o encontrei, eu tive um lar e alguém que se importava comigo pela primeira vez, e morei com ele durante toda a minha gestação.

No dia em que minha bolsa rompeu, padre Rudimar havia saído para rezar uma missa num bairro rural. Na época eu não entendia nada e corri em desespero para o hospital, minha filha nasceu e no dia seguinte, amedrontada e sem pensar, voltei para a igreja com ela nos braços.

Preocupado, ficou aliviado quando cheguei. Após algumas horas, sucumbi a uma febre e por dias fiquei adoentada. Ele cuidou de mim e de Bruna. Hoje penso em como deve ter sido difícil para um homem sozinho e sem nenhuma experiência lidar com uma jovem doente e um bebê, além de seus afazeres pessoais e sacerdotais. E por isso, meu coração transborda gratidão.

Como havia uma criança envolvida, eu não poderia me esconder mais. O receio de que me encontrassem nos abateu e assim Padre Rudimar teve a ideia de falar com a Madre Tereza, sua grande amiga. Nos levou para o convento em que vivemos, e durante todos esses anos, ele ia nos visitar.

— Serei eternamente grata ao senhor, padre Rudimar, sempre cuidarei e te amarei, meu pai do coração.

Mesmo com os olhos fechados, sei que ele ouviu, pois seu sorriso afirma.

Capítulo Cinco

LEONARDO

Recebi uma ligação da escola de Bruna e quando me disseram que era urgente, minhas pernas fraquejaram. O medo de que alguma coisa tenha acontecido com ela me desnorteou. Pedi para que um colega me cobrisse no plantão e saí voando do hospital. Mil bobagens se passaram pela minha cabeça no curto trajeto que se tornou grande demais. Estacionei o carro na contramão e desci na maior velocidade.

Quando vejo Bruna sentadinha no banco ao lado da professora, sinto um bem-estar imenso, mas deve haver algo errado, talvez ela tenha tido algum mau comportamento ou não cumprimento de atividades. Criei várias conjecturas, contudo, ao ver a cena, intimamente sei que nada seria assim tão urgente.

— Boa tarde, Dona Sofia, o que houve? Ei, mocinha, o que aconteceu? — questiono a professora e minha filha, mas antes que elas respondam, Bruna ergue o rostinho na minha direção e eu cambaleio para trás. Pálida e com olheiras enormes, seu semblante indica que ela não está nada bem. Jesus, hoje de manhã, eu não percebi nada diferente.

— Senhor Leonardo, desculpe ligar, a Bruna estava sentada na carteira e de repente desmaiou. Nós íamos acionar a ambulância, mas ela voltou a si rapidamente e como sabemos que o senhor é médico, achamos prudente avisá-lo primeiro.

— Fizeram bem. Não há o que pedir desculpas, eu ficaria bravo se não me ligassem, minha filha é minha prioridade, nunca se esqueça. Em qualquer circunstância, hora ou lugar! Filha, o que está sentindo? — Toco sua testa e ela não tem febre. — Você comeu, querida? Trouxe o seu lanchinho?

— Estou bem, papai, só dói minha barriguinha e tô com bastante sono. Comi todo meu lanchinho, sim, me leva pra casa, papai.

— Claro, minha querida. — Pego-a no colo, agradeço a professora e vou com Bruna direto para o hospital. Melhor já fazer alguns exames para descartar qualquer coisa. Acredito que seja apenas uma virose e mais tarde minha gatinha estará bem.

Preparo uma salinha para que ela tome um soro e logo que a deposito na maca, ela dorme. Assim é bem melhor, posso fazer tudo sem suas perguntas e dengos. Colho seu sangue, afiro a pressão, examino seu corpinho e aparentemente está tudo bem.

Confiro os exames quando eles chegam. Analiso algumas alterações e paraliso. Anemia, leucócitos e plaquetas alterados. Tiro conclusões precipitadas e decido levá-la à pediatra, porque não consigo separar os sentimentos da profissão nesse momento, é uma coisa impossível para um pai. Ansioso, telefono para a Dra. Luciana, que é uma grande amiga dos tempos de faculdade e cuida da Bruna desde que nasceu. Explico-lhe o que aconteceu, os sintomas de Bruna e o resultado dos exames. Luciana pede que eu me acalme e marca uma consulta para o dia seguinte. Ainda no hospital, peço que minha secretária organize meus pacientes para que eu não trabalhe amanhã.

Ligo para os meus pais e minhas irmãs, conto o ocorrido, mas omito minhas suspeitas e meus medos. Eles me acalmam e eu tento não pensar em nada até amanhã, mas fracasso. Rolo na cama a noite inteira. Isso é só um grande erro de laboratório ou uma infeliz coincidência, minha menininha não tem nada, é saudável, não apresenta nada preocupante. Sim, é isso, estou fazendo tempestade em copo d'água! Rezo até que o sono me vence, mas já é quase hora de levantar.

Inocentemente e alheia a tudo, Bruna fica muito feliz em saber que eu não vou trabalhar e que passaremos o dia juntos. As crianças têm a fantástica capacidade de só olhar para o lado bom das coisas, dos fatos. Ela adora a "tia Lu" e a consulta corre tranquilamente, ao menos para Bruna, porque o semblante da pediatra muda assim que ela confere o resultado dos exames e eu volto a ficar apreensivo.

— Bem, Léo, eu sei o que você pensou, mas sabemos que não podemos nos basear em um único exame. Vou fazer o pedido para que ela repita o hemograma e faça exames específicos com um hematologista. Clinicamente ela está bem, aparência normal, peso e estatura na média, nada que chame minha atenção. Vou pedir que agilizem os resultados para que nós dois possamos desencanar.

— Sim, concordo. Obrigado, Lu, assim que eu pegar os resultados, já trago aqui. Vou indo, então. Despeça-se da tia Lu, filha.

— Tchau, tia Lu, obrigada. Eu e meu papai vamos no cinema, quer ir com a gente?

Vejo Luciana corar e me olhar intensamente. Antes que ela responda, saio pela tangente, não quero criar nenhum tipo de esperança, porque a Lu já gostou de mim e essa aproximação com Bruna pode acabar misturando tudo.

— Filha, a tia Lu tem muitas criancinhas para atender, outro dia combinamos, tá bom? Obrigado mais uma vez, minha amiga.

Não deixo de perceber sua decepção, e antes que eu mude de ideia, saio com minha pequena.

Nossa tarde passa despercebida por mim. Assistimos a um filme (que não faço ideia de qual foi), comemos (nem sei o que eu pedi), passeamos, estou robotizado, não consigo desligar daquele maldito exame, apenas olho para minha filhinha cheia de vida e imploro no meu coração a Deus para que aquele exame esteja errado.

Sem conseguir segurar isso sozinho, vou para casa de Letícia. Ela sempre foi a mais centrada de nós três e tem os conselhos certos, é uma pessoa do bem e sabe acolher os seus.

Letícia fica muito feliz com nossa visita e chegamos "na hora certa", como ela diz. Tinha acabado de servir uma de suas especialidades, o bolo de cenoura cheio de cobertura de chocolate que todos atacam na hora. Nem é preciso dizer que quero falar com ela em particular. Notando minha apreensão, espera as crianças comerem e pede para Vinícius levá-los para sala. Ficamos a sós na cozinha.

— Desembucha, maninho, você não consegue guardar o que está sentindo para chegar aqui do nada, num dia de semana. Não que eu não goste, eu amei e acho que deveria vir mais vezes, mas sei que não viria à toa, o que está te incomodando?

Conto pra ela a partir do ponto que fiz os exames e das minhas suspeitas, pois ela já sabia do mal súbito que Bruna teve na escola. Letícia fica visivelmente nervosa e ainda assim encontra coerência para me acalmar.

— Léo, eu queria te dizer para ficar tranquilo, mas como você é um excelente médico, sei que suas suspeitas não são infundadas. Entretanto, a doutora Luciana tem razão, vamos esperar os novos exames ficarem prontos e só então pensar no depois. Não adianta sofrer antecipadamente e, por favor, não diga nada aos nossos pais, eles não terão paciência para esperar sem te deixar louco. E estou aqui por vocês a qualquer momento, para qualquer coisa. Vamos ter fé, querido.

Fico um tempo conversando com Vinícius enquanto Letícia dá um banho nas crianças. Bruna tem roupas aqui, na Laís e na casa dos meus pais, ela domina tudo. Meu cunhado é um cara descontraído e um pai e marido maravilhoso, ele é advogado e conheceu Letícia nos tribunais. Minha irmã, assim como meu pai, é juíza. Laís e mamãe são advogadas e Vinícius, após se casar com a Lê, associou-se ao escritório delas.

Depois da despedida "cruel" dos primos, onde eles alegam que "nem brincaram nadinha", vou para casa me sentindo melhor, mais aliviado. É o efeito *amor* de Letícia agindo em mim.

Capítulo Seis

OLÍVIA

Graças a Deus, padre Rudimar melhorou e teve alta do hospital. Foram cinco dias torturantes entre minhas idas da igreja até o hospital para vê-lo, pois o medo de ser vista e reconhecida me engolfava a cada passo. Agora que não preciso sair para visitá-lo, sinto-me mais tranquila e confiante; as poucas pessoas que me conhecem e me veem não sabem a minha verdadeira identidade.

Durante minhas idas ao hospital, a enfermeira, que é a mesma da época em que estive aqui pela última vez, me reconheceu e brigou comigo por minha irresponsabilidade de ter fugido quando dei à luz a minha filha. Contou-me sobre a bronca que ela recebeu por não ter dado entrada e nem saída da minha internação, e que só não foi pior, pois, no mesmo dia, acontecimentos maiores dispersaram a atenção de todos.

Por fim, nos entendemos e eu perguntei sobre o médico que me atendeu. Ela me contou tudo. Fiquei arrasada ao saber da morte da sua esposa e senti-me um pouco culpada também. Afinal, foi por mim que ele não pôde ficar ao lado dela. Minha admiração por ele só aumenta.

Padre Rudimar voltou para casa e eu não posso deixá-lo sozinho. Ele está fraquinho e precisa de alguém para fazer a comida e cuidar da sua casa. As beatas aparecem todos os dias para visitá-lo (xeretar), trazem bolo, sopa, mas é um cuidado esporádico e ele precisa de atenção vinte e quatro horas por dia.

Madre Tereza voltou para Altinópolis no dia seguinte da alta dele para cuidar do convento e, claro, da minha pequena. Apesar de termos as irmãs, ela é a madre superiora e também a "vovó" de Bruna. Insistimos para levar Padre Rudimar conosco, solicitaríamos junto à paróquia um padre substituto, mas ele foi teimoso e não aceitou nenhuma das hipóteses e ainda relutou para que eu ficasse.

Após jantarmos e fazermos nossas orações, ambos sem sono, sentamos na sala para conversarmos. Fazia tempo que não ficávamos assim, apenas nós dois, sem interrupções. Padre Rudimar, que me conhece como ninguém, nota a minha inquietação. Sua perspicácia é extraordinária.

— O que está acontecendo, menina? O que aflige esse coração? Seu olhar triste me diz que é muito mais que medo. Pode desabafar comigo, sabe que pode. Algum problema no convento ou com Bruna?

— Ah, padre! Nunca disse para ninguém o que sinto, mas preciso desabafar, e eu sei que o senhor é o melhor conselheiro. — Ele sorri e crio coragem para verbalizar meus sentimentos. — Eu não quero parecer ingrata, só que não quero mais viver no convento, não por nada que tenha acontecido, mas por mim mesma e por Bruna. Eu amo aquele lugar, as irmãs, sou grata por tudo que aprendi e se tenho dignidade, devo ao senhor e a cada uma delas. Nem em meus mais remotos sonhos pensei que um dia teria uma chance de vida melhor. Não tenho a intenção de magoar ninguém, só quero viver um pouco, ter um trabalho, minha casa, dar a Bruna a chance de frequentar uma escola, enfim, construir nosso próprio lar. Eu jamais me afastaria do senhor ou das irmãs, continuaríamos sendo uma pequena grande família. O senhor me entende? É pecado ter esses desejos?

— Minha filha, isso não é errado nem pecado, ter desejos, sonhar com outro futuro é normal, afinal a ordem religiosa não foi escolha sua, sendo assim, há outros propósitos para você. O que te impede de tentar?

— O medo e a falta de dinheiro. Padre, eu não conheço nada do mundo, tenho todos esses monstros do passado que me perseguem, eles estão no meu coração e na minha mente. Não importa para onde eu fuja, eles estarão ali, posso ter um ataque de pânico a qualquer momento. E quem cuidaria da Bruna? Também não tenho diploma, nem profissão, como poderia encontrar uma casa ou trabalho? É praticamente impossível.

— Quando se tem vontade e fé em Deus, nada é impossível, minha filha. Você precisa curar esse medo, enfrentando-o e mostrando para você mesma que eles não têm mais poder sobre você. Uma terapia aliada à sua fé vai te curar. Acredite. Quanto ao dinheiro, eu posso ajudá-la. Eu nunca lhe disse, Olívia, mas venho de uma família rica e abdiquei de tudo por causa dos meus votos religiosos, inclusive o de pobreza. Quando meus pais morreram, deixaram-me uma grande herança, sou filho único e doei todo o dinheiro para a comunidade de Campo Verde, cidade que eles moravam. Mas, na época, eu não me desfiz nem da casa e nem de alguns imóveis. Todos os imóveis estão alugados e parte do dinheiro é destinado diretamente para a comunidade local. A outra, aqui, para manter esta comunidade. Eu posso doá-los a você.

— De jeito nenhum, eu não posso aceitar, esse dinheiro é da comunidade, eu estaria me apossando do sustento deles, e também o senhor fez votos de pobreza, como poderia me doar? Isso não tem o menor sentido e eu me sentiria muito mal.

— Prestou atenção no que eu disse? Eu disse: doar, não será para mim, Olívia, e doação é doação, se é para o bem, não importa onde é destinado, o dinheiro dos meus pais continuaria ajudando outra pessoa. A importância que eu doei na época para a comunidade foi considerável e não tem problema destituí-los do recebimento mensal, há no contrato essa possibilidade, caso eu sinta a necessidade de desviar para outros fins. Eu quero te ajudar. Você ficará com a casa para morar com a Bruna, e o dinheiro do aluguel dos outros imóveis, dividiremos para seu sustento e para a comunidade de Santa Graça. Aceita? O que me diz?

— Meu Deus! Isso é muito para eu conceber, não acredito. Ah, padre Rudimar, como poderei lhe agradecer um dia na vida? Como? Eu te amo tanto. — Abraço-o chorando por causa de tanta emoção e esperança. — Claro que eu aceito, mas, com duas condições: primeira, assim que eu conseguir trabalho e puder sustentar a mim e a Bruna, deixo de receber a parte do dinheiro. E a segunda é que assim que o senhor "se aposentar", irá morar conosco e eu cuidarei do senhor até a velhice.

— Eu sabia de sua nobreza, querida Olívia, desde o dia em que te olhei debaixo daquela chuva. E fico feliz por não ter me enganado. Agora pare de chorar, senão vou pensar ter lhe feito mal.

— Mal? O senhor mais uma vez me trouxe esperança, mais uma vez me deu uma nova chance de ser feliz. Primeiro, quando me acolheu, quando cuidou da Bruna e depois nos levou ao convento nos protegendo, e agora, dando-me a oportunidade de sonhar. Eu te amo tanto, sei que não gosta quando te chamo assim, mas você é meu pai sim, paizinho. — Encho-o de beijos e ele fica todo retesado, com vergonha da minha espontaneidade, mas estou muito feliz! — Preciso contar para a madre.

— Não, Olívia, não se precipite, isso não é algo que se diz por telefone. Comece sutilmente falando com elas, preparando-as para sua despedida, para que elas não sofram tanto e não se magoem. Você terá tempo enquanto eu preparo a parte burocrática, há inquilinos na casa, contratos, enfim. Enquanto organizo tudo, você prepara o coração daquelas velhotas. — Rimos. — Aconselho você a fazer uma viagem até Campo Verde para conhecer a cidade, ver se gosta, se lhe agradaria morar lá.

— O senhor como sempre tem razão, é que fiquei afoita, não tenho pressa. Pensa que também não vou sofrer ao me despedir de vocês? E nem preciso conhecer a cidade, só em saber que é perto daqui e de Altinópolis, e que poderei ter minha independência e ainda assim matar a saudade do senhor e das irmãs, já está ótimo. Agarrarei essa oportunidade com todas as minhas forças. Obrigada, Deus, por me dar essa família preciosa. Obrigada, padre paizinho Rudimar. — Ele sorri e seu sorriso é de paz, assim como o meu.

Mal durmo à noite, sonhando os sonhos que outrora me foram roubados por minha mãe que me abandonou e por aquele miserável que destruiu minha inocência. Pensei não ser capaz de sonhar novamente, de esperançar... e olha só, cá estou com o coração transbordando gratidão e a mente cheia de planos.

Capítulo Sete

LEONARDO

Estou na frente da doutora Luciana segurando o choro. Ela me olha preocupada. Bruna está ao nosso lado e não podemos conversar, então ela pede que sua secretária intervenha e a leve daqui. Assim que minha filha sai da sala, eu desabo, me debruço sobre a mesa e choro.

— Calma, Léo, ainda não é um diagnóstico preciso, fizemos o hemograma completo e o estudo do sangue periférico, e embora as alterações dos glóbulos vermelhos, glóbulos brancos e plaquetas sejam grandes, ainda não é conclusivo. Eu tenho um grande amigo oncopediatra e vou encaminhá-los para ele. Vai dar tudo certo, tenha fé.

— Fé? Fé é o que eu mais tenho na vida, Lu, fé e amor naquela menininha lá fora. Já não basta ela ter perdido a mãe? Agora esse baque na sua vida? Uma criança, estamos falando de uma criança! Se confirmarmos nossa suspeita, eu não vou suportar, não vou. Eu sei dos meus limites e do quanto pago um alto preço ainda pela partida de Marcela.

— Léo, você não só vai suportar como vai cuidar e ser a força que ela precisa. Ela não tem mãe, então precisará de você duplamente. E ainda não quero concluir nada sem um exame efetivo.

A doutora Luciana é a razão no momento, ela me faz pensar e enquanto me acalmo, a vejo marcar uma consulta com seu amigo, que apesar da agenda lotada, abre uma exceção para ela. Agradeço minha amiga e sem forças para ir adiante sozinho, peço socorro pra Letícia, que sabe parcialmente do que está acontecendo.

— Oi, meu maninho. Tudo bem? Já pegou os exames da nossa gatinha? — Lê me atende no primeiro toque, e conhecendo bem minha irmã, sei que estava com o telefone ao seu lado, morrendo de preocupação.

— Já e infelizmente deu o mesmo resultado, fizemos inclusive o exame periférico. Temos uma consulta na parte da tarde com um oncologista, não consigo ir sozinho, Lê, me ajuda.

Ela fica muda por um tempo e sei que segura o choro.

— Nem precisa me pedir, Léo, passe no meu WhatsApp o horário da consulta e endereço. Felizmente hoje meu expediente no tribunal é só de manhã. Vou organizar as coisas lá em casa com os horários dos meninos e te encontro no consultório.

— Papai, o que é *conlogista*?

Eu me esqueci que Bruna estava logo atrás.

— Ah, filha, é oncologista, um tipo de médico, entendeu? Precisamos que ele examine você.

— Mas a tia Lu já me examinou, papai.

— Eu sei, princesa, mas tem coisas que ela não sabe e ele vai ajudar. — Mudo de assunto: — Vamos fazer um almoço de papai maravilhoso e filha especial? Ou vamos nos acabar num rodízio de carne?

— Vamos nos acabar no rodízio de carne com o papai maravilhoso e a filha especial.

Ela é esperta e linda. Minha garotinha.

Chego ao consultório e minha irmã já me aguarda. Ela nos abraça e faz um esforço descomunal para parecer *natural*. Somos chamados e meu coração bate descompassado, a próxima sala será onde ocorrerá a minha sentença.

O doutor Fabricio é jovem, mas sério e parece competente. Nos recebe com muita educação e examina minha garotinha. Depois analisa os papeis dos resultados do hemograma e faz diversas anotações. Demora uma eternidade. Ele começa a falar e eu indico com a cabeça a presença da Bruna, mas ele afirma que ela deve ficar.

— Vamos lá, o exame clínico da sua filha diverge com o laboratorial, os gânglios estão normais, fisicamente ela não apresenta nada, com exceção daquele caso isolado em que ela passou mal na escola, como o senhor me relatou. Mas temos dois exames realizados em laboratórios diferentes, com o mesmo resultado. Eu não posso deduzir, precisamos de certezas, então nós faremos uma biópsia da medula óssea e exames complementares para que tenhamos subsídios comparativos para a idade dela.

A sala roda. Se não fosse Leticia, sei que eu já teria caído. Ele me pergunta se tenho dúvidas quanto ao procedimento, mas lhe explico que sou médico também. Marcamos o exame para o dia seguinte.

Saio dali pior do que eu cheguei. Letícia convoca todos na casa dos meus pais para que juntos tenhamos discernimento para passar por essa situação. Na minha casa sempre foi assim, o problema de um é problema de todos. Mas parece que aqui eu sou o grande causador deles.

Mais uma noite em claro e muita oração para eu encontrar forças. Aviso no colégio o que está acontecendo e que Bruna ficará ausente por uns dias. Explico da melhor maneira possível para uma criança o exame que ela fará e felizmente tenho uma filha obediente.

Chegamos ao consultório do doutor Fabrício, onde será realizado o exame. Ele tem pequenas salas para procedimentos cirúrgicos. O atendimento é ímpar e a humanização, a forma como tudo é realizado, admirável. Os funcionários são calmos e alegres, provavelmente são treinados para estarem diante de crianças portadoras desta doença tão difícil, porém a bondade que emanam vai além do ofício, eu sei.

Minhas irmãs não conseguiram se ausentar do trabalho, então mamãe e papai vieram conosco. Bruna é encaminhada para uma sala específica. Decidimos por uma leve sedação para que ela não se agite e tampouco veja nada. O anestesista aplica a anestesia local e o médico inicia o procedimento, o qual sou liberado para assistir. Ele retira o material, um pequeno fragmento ósseo, que em seguida é colocado nas lâminas e tubos, e são levados pelo hematologista.

Primeira etapa cumprida. Minha menina passa bem e apenas aguardamos ela voltar da sedação e do efeito anestésico para irmos embora. Mamãe insiste para irmos dormir na sua casa, então deixo que Bruna vá com eles na frente e seja um pouco mimada até que eu pegue nossas coisas no meu apartamento e me refaça emocionalmente.

Capítulo Oito

OLÍVIA

Estou abraçada à minha filha e só agora me dei conta da falta que ela me fez, da saudade que eu estava da minha pequena. Foram dias em que fiquei afastada cuidando do padre Rudimar, que felizmente se recuperou bem e, como ele diz, *"está um touro"*. Ela não para de falar um minuto sobre tudo o que aconteceu em minha ausência. Não são muitas novidades, mas ela faz com que tudo pareça mágico e maior do que realmente é. Sua imaginação é peculiar.

Depois que descanso da viagem, crio coragem e procuro madre Tereza para lhe contar sobre todas as coisas e planos que padre Rudimar e eu combinamos. Claro, precisei ensaiar muito a maneira menos penosa de lhe dizer.

— Minha filha, isso é maravilhoso. — Após me ouvir um tempão calada, é o que ela me fala, cheia de otimismo.

— Mas a senhora não vai ficar brava comigo?

— Por que imaginou isso, Olívia?

Fico pensando. Será que, no fundo, ainda acho que não sou merecedora de tamanha alegria?

— Eu te amo, menina, e só quero o seu bem. Pensa que não vejo sua tristeza olhando essas paredes, e seus suspiros que eu sei que são sonhos presos? Eu mesma já havia pensado na possibilidade de você sair daqui, mas como eu não podia te ajudar, temi que você se sentisse indesejada. Veja bem, Olívia, aqui sempre será seu lar, aquele quarto será sempre seu e de Bruna quando precisarem, mas você merece mais do que um quartinho, vocês merecem a vida.

Ouvir essas coisas da madre Tereza, que sempre foi *durona*, é um conforto imenso. Sei que é Deus preparando tudo para mim, quando colocamos as situações em Suas mãos, Ele conduz de um jeito muito, muito especial. Seria um sacrilégio duvidar disso.

Agradeço-a com beijos e abraços até que ela volta à sua postura e me manda parar, mas vejo em seu rosto aquele sorrisinho de quem gostou. Peço que ela ainda não comente com o restante das irmãs, quero encontrar a melhor maneira de falar com cada uma delas.

***

"Ei, Maria, estamos sozinhos, belezinha, tire essa roupa e venha aqui, hoje você vai aprender a usar essa boquinha..."

"Você deu em cima do meu homem? Sua vagabunda, não respeita a própria mãe, vou te dar uma surra para aprender, vadiazinha..."

"Não é culpa minha, ele, ele... Nãooooooooooo..."

Sento-me na cama suada, assustada e ofegante. Olho para os lados com medo de que eles estejam aqui. Tive um pesadelo e estou começando um ataque de pânico. Respiro, inspiro. Droga! Sou uma mulher adulta de vinte e três anos, não mais aquela menina assustada. Deveria controlar esses "fantasmas", mas quando dou por mim, eles engolfam nas minhas noites tornando-me uma criança indefesa.

Acalmo-me aos poucos e fico aliviada por Bruna não ter visto nem ouvido nada. Em silêncio, vou até a cozinha tomar um copo de água e depois até a capela rezar:

— Querido Deus, afaste de mim essas lembranças dolorosas, afaste esse medo que me impede de ser totalmente feliz. Eu não desejo mal para eles, apenas justiça, Senhor. Peço também que cuide da minha irmã e que ela esteja bem e protegida deles. — Rezo um terço e enfim relaxo para dormir novamente.

Capítulo Nove

LEONARDO

O temido resultado saiu hoje e minha família "em peso" está no meu apartamento junto com Bruna, me aguardando chegar da consulta com o doutor Fabrício, na qual fui sozinho. Estou no trajeto de volta para casa, com a vista embaçada de tanto chorar, lembrando-me de suas palavras, as piores que já ouvi na minha vida e eu sei que para ele, foram dolorosas ao serem ditas, também.

"Leonardo, infelizmente constatamos o que temíamos. A Bruna tem leucemia linfoide aguda, a evolução dessa doença é rápida, mas descobrimos no início e temos uma grande chance de cura. Vamos dar início à quimioterapia para estabilizar o quadro, mas eu indico um transplante de medula óssea, que geralmente é eficaz. Este tipo de doença ocorre em todas as faixas etárias, mas é mais comum em crianças."

Soco o volante com ódio, raiva, medo e tristeza. Desconto nele toda a minha frustração. Como posso dizer isso às pessoas lá em casa que amam tanto a minha filha? Como posso ver sofrer minha menininha inocente de coração puro? Elevo meus pensamentos em Marcela e suplico que ela interfira, caso possa fazer algo.

Estou falando com os mortos, devo estar enlouquecendo.

Abro a porta do apartamento e todos se levantam. Por sorte, as crianças estão no quarto. Vendo meu semblante e meus olhos inchados de tanto chorar, eles sabem que o resultado deu positivo. Minha mãe abraça meu pai que também chora, minhas irmãs vêm até mim e choramos os três juntos como verdadeiras crianças.

— Quem morreu? — A pergunta inocente de Gabriel nos traz de volta à realidade. Letícia explica alguma coisa para ele, levando-o para o quarto.

Todos da minha família se dispõem a serem doadores e para adiantar o processo, já daremos início aos exames para saber quem será compatível.

— Preciso avisar os pais de Marcela, eles também podem ser possíveis doadores. — Mais um baque para aquele pobre casal. — Mas antes de todos vocês, farei o exame e se eu for compatível, evitamos que vocês se desgastem.

— Vai dar tudo certo, eu tenho certeza. Agora, por favor, precisamos parar de chorar. O que a minha neta precisa é de um lugar de paz e pessoas felizes dando a ela força e esperança. As quimioterapias serão o mais complicado por causa das reações, mas nossa garotinha vai tirar de letra — minha mãe diz. — Leonardo, sua família é seu apoio em qualquer circunstância, seja financeira, espiritual ou afetiva. Não existe hora e nem dia, qualquer um de nós estará aqui a um pedido seu, a uma necessidade de Bruna. Você não precisa passar por isso sozinho e não vai, meu filho — finaliza ela, como sempre, nossa sábia conselheira.

***

O susto inicial passou e Bruna já fez sua primeira sessão de quimioterapia, que felizmente teve efeitos colaterais leves. De uma maneira simplista, expliquei a ela o problema; de tudo o que falei, ela só registrou que não irá para aula por enquanto e que eu estarei de férias com ela. Bem, ao menos só viu o lado positivo das coisas.

Os dias passam lentamente e torturantes. Fui o primeiro a fazer o exame de compatibilidade para ser o doador para minha menina, e hoje saiu o resultado. Se eu supunha que as coisas não poderiam piorar, me enganei: além de não ser um possível doador, descubro que não sou pai biológico da Bruna. Estou em choque, não consigo sair da cadeira, olhando esses exames em minhas mãos. Só pode ser brincadeira, uma grande ironia do destino, ou talvez eu esteja pagando por Marcela ter morrido naquela maldita maca.

Um filme se passa pela minha cabeça. Em qual momento eu me perdi? Apesar de nossas diferenças, jamais imaginei uma possível traição de Marcela, ou ainda pior, a omissão da verdadeira paternidade. Apesar dos exames acusarem veemente que não sou o pai da Bruna, eu não consigo acreditar que Marcela tenha me traído.

Ela era mimada, egocêntrica, tínhamos nossas diferenças, estávamos afastados, porém Marcela era leal, honesta. Ou não? Mais um engano, mais uma decepção.

Claro que isso não vai mudar o que sinto por Bruna, posso não ser o pai biológico dela, mas ela é minha filha sim, porém a mágoa não é menor.

Pior do que descobrir algo tão tenebroso são as circunstâncias. Será que se não fosse essa doença, algum dia eu descobriria? Constato o óbvio, a chance de alguém da minha família ser o doador diminui muito.

Penso por horas sobre o que fazer e como agir, mas o tempo está passando e somente a cura de Bruna importa agora. Decido então falar com os meus ex-sogros.

Sei que os pais de Marcela não têm culpa de nada, mas despejo tudo de uma vez em cima deles, afinal agora serão os de maior chance de serem doadores.

Eu ainda não havia contado sobre a doença da Bruna, e nem dou tempo a eles de assimilarem um problema e já despejo outro, contando o que descobri sobre a traição de Marcela. O choque em seus rostos é evidente, uma bomba caiu no colo deles. A neta, com câncer; a filha morta, uma traidora.

— Olha, Leonardo, eu sei que você tem um exame em suas mãos, eu sei que as evidências apontam isso, mas eu quero que repita esse exame em um laboratório da minha confiança, eu não consigo acreditar que minha filha faria isso. Marcela poderia ser qualquer coisa, mas era leal e não o trairia. E se por uma desventura tivesse acontecido, teria nos contado. Ela não pode se defender, contudo, sei que ela o faria.

Tenho pena da mulher magoada na minha frente, mas não posso poupá-la com mais mentiras.

— Dona Carolina, não sei se a senhora soube, mas na época que Marcela engravidou, nós estávamos separados, então realmente há a possibilidade de uma traição. Eu, mais do que qualquer pessoa desse mundo, gostaria que esse exame estivesse errado. Para não sobrar dúvidas, eu aceito repeti-lo e faremos um específico de DNA no laboratório da sua escolha e quantas vezes for necessário, isso pra mim não é problema algum.

— Sim, Leonardo, eu sabia que vocês estavam em crise. Quando Marcela decidiu ir atrás de você naquele lugar, eu tentei impedir, mas ela disse que queria entender seu trabalho, que ainda havia esperança, e que queria tentar. Ah, se eu pudesse imaginar o que aconteceria com minha menina! — Dona Carolina diz magoada, eu encerro o assunto e me despeço, afinal tenho minhas próprias feridas para lamber. Peço que me envie o nome e local do laboratório de sua preferência para realizarmos o exame.

Saio dali direto para o cemitério, quero "conversar" com Marcela e tentar entender essa loucura. Apesar de todas as evidências, no fundo do meu coração eu sinto que ela não me traiu, é uma situação irreal, parece que meu mundo de repente desabou. Entrei no inferno e não estou conseguindo sair.

Capítulo Dez

LEONARDO

No outro dia, logo pela manhã, chego ao laboratório indicado pela Dona Carolina e me deparo com ela e o marido. Eles estão sérios e fico magoado com a presença deles. Eles duvidaram que eu viria?

— Bom dia, não esperava encontrá-los aqui. Duvidaram da minha palavra? Também esperava que após descobrirem o problema de Bruna, fossem ao menos visitá-la.

— Bom dia, Leonardo. Nós não duvidamos de você, mas ontem quando você saiu, eu e Roberto conversamos bastante e decidimos fazer também o teste de DNA. Nós pensamos em diversas possibilidades e queremos eliminar cada uma delas. Sei que você não gosta que eu fale isso, mas a Bruna não se parece nada com Marcela, também. E, bem, ainda não quero levantar suspeitas, apenas vamos fazer os exames.

Minha ex-sogra com esse modo altivo de falar me desnorteia. Ela quer insinuar que Bruna não é filha de Marcela? Mas como?

Ela continua:

— Nós imaginávamos que encontraríamos a Bruna aqui para o exame e então eu pediria sua aprovação para passarmos o dia com ela, por isso não fomos visitá-la. Aliás, como ela fará o exame se não está aqui?

— Eu trouxe a amostra de sangue dela, quero evitar sua exposição em clínicas e hospitais, minha garotinha vem sofrendo demais ultimamente. A senhora não duvida da veracidade do sangue, não é? Foi um funcionário deste laboratório que foi até minha casa essa manhã colher o sangue dela.

— Não, Leonardo, imagina, não fale uma bobagem dessas. Vamos evitar nos magoar mais, por favor. Você autoriza que passemos em sua casa para buscarmos a Bruna?

Claro que permito, mas minha vontade é gritar um "não" bem alto. A frieza como se dirige a Bruna me irrita, não se refere a menina como neta, não demonstra preocupação efetiva, mas no final das contas, eu não tenho o direito de impedi-los de vê-la.

Os exames sairão em alguns dias e, enquanto isso, só nos resta aguardar. Resolvo retornar ao hospital, mesmo com a licença. Bruna tem passado bem e ficado na casa dos meus pais, então decido trabalhar para usar a licença quando efetivamente as coisas piorarem, porque eu sei que irão.

No final de um expediente, recebo um envelope que foi entregue pelo laboratório. A tentação para abrir o envelope é grande, mas vou fazê-lo junto com os pais de Marcela. Telefono para eles e aviso que estou a caminho.

Apreensivos, nós abrimos o envelope que queima em minhas mãos e outra fatalidade surge diante de nós:

NEGATIVO.

Bruna não é nossa filha. Nem minha, nem de Marcela.

Ao menos biologicamente, não. Como isso é possível? Só se, se... Jesus, minha filha foi trocada?

O dia do nascimento da Bruna começa a vir como flashes em minha mente. Desabo no sofá da casa dos meus ex-sogros, tentando buscar alguma coisa, um fio solto, algum indício de como... Então, aos poucos, as lembranças chegam.

"Doutor, temos uma paciente em emergência para atender."
"Força, menina, você consegue, isso, vamos lá... Nasceu..."
"É uma menina."
"Eu cuido das crianças, doutor..."
"Sua esposa morreu..."
"Hoje não vi minha filha..."

Aquela jovem sozinha, o parto. Não é possível! Sim, é possível. Mas como? Foi proposital? De quem foi o erro? Como não notei? E agora? Já se passaram sete anos. Sete malditos anos que eu não desconfiei de nada, simplesmente nada.

— Leonardo, fale conosco. O que está acontecendo? Você sabe de alguma coisa? Desconfia? Precisamos procurar a polícia.

— Não! Não vamos envolver a polícia em nada por enquanto. Eu, eu ainda não sei de nada. É tudo muito recente e assustador, só peço que me deem um tempo. Isso é um problema meu.

— Tempo? Minha filha está morta. Morta, Leonardo. Sabe o que isso significa para nós? Não sabe, porque você que é o grande responsável por tudo está aí, cheio de vida. Agora que descubro que parte da minha filha está por aí, sabe-se lá Deus onde e vivendo sabe-se lá de que maneira. Você quer que eu tenha calma? E isso não é problema seu. É nosso, e eu vou até o inferno para achar minha neta. Eu sabia que aquela menina não tinha nada da minha Marcela. Você é culpado! Além de matar minha filha, ainda perdeu minha neta. Que tipo de pai você é? Você é um monstro.

— Cale a boca! Bruna é MINHA FILHA! MINHA! Independente de sangue, de qualquer porra de DNA, ela é minha, entendeu? O que queria que eu fizesse? Quando ela nasceu, eu mal pude olhar no seu rostinho, Marcela passou mal e logo morreu. Eu estava sozinho naquele fim de mundo, eu não tinha como cuidar de tudo e no outro dia ela estava lá no berçário, dormindo serena e linda. Eu estava tão perdido.

— Não mais que nós! Você tem dimensão da dor de perder um filho? Não, você não tem. Eu lhe dou um prazo de uma semana para me dar qualquer indício de onde começar a procurar minha neta, nenhum dia a mais, ou vou agir do meu jeito. Agora, por favor, se retire, no momento não consigo ficar no mesmo ambiente que você, não suporto olhar na sua cara, Leonardo. — Quem fala é o pai de Marcela, e por ele ser sempre passivo e calado, congela meu sangue ter certeza que eles irão até o fim.

Saio dali e corro para os braços dos meus pais. Pode ser meio imaturo, porém preciso deles mais do que nunca. Eu sempre soube que os pais de Marcela me culpavam, mas ouvir as palavras da boca deles foi uma facada no peito. Sinto-me realmente um insensato. Que tipo de pai não reconhece a própria filha? O pior virá se ninguém for compatível com a Bruna.

O tempo está passando. Isso é um terrível pesadelo.

A reação dos meus pais é totalmente adversa aos dos pais de Marcela. Ao invés de me acusarem, eles se compadecem do meu sofrimento e também têm a mesma opinião que eu: Bruna é a prioridade.

— Filho, independente desse trágico destino, Bruna é nossa, nenhuma diferença de sangue mudará isso. Precisamos fazer os testes de compatibilidade urgente e se ninguém for compatível, teremos que encontrar a mãe biológica de Bruna para essa finalidade e, claro, também conhecer a nossa neta. Nenhuma substituirá a outra, só que é o que deve ser feito.

Admiro tanto a sensatez da minha mãe. Após conversarmos bastante e decidirmos que eles cuidarão de Bruna para que eu volte a Santa Graça e procure alguma pista do paradeiro daquela moça, vou direto para a igreja que frequento aqui do bairro. Peço forças a Deus para que eu conserte toda essa história e que, no fim, ninguém saia machucado. Peço pela saúde de Bruna e que esse desfecho tenha um final feliz. Sei que é uma grande provação e que ainda haverá muita dor, mas não vou abalar a minha fé, não vou.

Quem sabe seja uma punição ou até remissão para mim.

Capítulo Onze

OLÍVIA

Estou apreensiva, para não dizer, no mínimo, apavorada. Desde que fui avisada de que padre Rudimar precisa falar algo urgente e sério comigo, não paro de tremer. Arrumo uma sacola para ir até a rodoviária quando madre Tereza entra no meu quarto.

— Olívia, eu levarei você. Nós vamos com a Kombi do convento, já falei com irmã Dulce e ela cuidará de tudo e de Bruna.

— Madre, a senhora está me assustando... para querer ir comigo, o assunto é mesmo complicado. O que está havendo? O padre Rudimar piorou? É isso? Não deu certo o inventário, as doações para minha mudança? Mas ontem estava tudo em ordem, o padre Rudimar disse até que a casa já estava prestes a ser desocupada e que dentro de mais algumas semanas eu poderia me mudar. — Desembesto a falar enquanto jogo as coisas na mala sem nem ao menos ver o que coloco.

— Procuraram você, Olívia, e sabem sobre Bruna, estão atrás dela.

...Escuridão...

"Meu docinho, já estou enjoando de você, acho que quero sua irmãzinha, ela já tem peitinhos, enquanto isso vem aqui e não seja arisca senão vai apanhar de novo... estou achando que você gosta de apanhar..."

"Mamãe, leve a Maria daqui, ele quer ela também..."

"Já mandei você calar a boca, piranha, você vai apanhar na cara para aprender a não mentir..."

...Sangue, dor, medo...

— Mamãe, mamãe. O que houve? Ela morreu, madre? — Escuto os gritos da minha filha de longe, forço para abrir os olhos, eles vieram pegá-la. Não, não, não posso deixar, preciso lutar.

— Brunaaaaaaaaaaaaaaaa.

Me colocaram em um sofá. Estou ofegante, todas as irmãs estão à minha volta e Bruna me olha com os olhos assustados.

Tive mais um ataque de pânico e minha filha viu. Que droga! Preciso me livrar desses fantasmas de uma vez por todas, vou enfrentar meu passado, não posso mais viver assim.

— Oi, princesa, venha cá, a mamãe está bem, foi só um mal-estar, meu anjo. — Abraço meu pingo de gente e sei que por ela consigo enfrentá-los.

— O que aconteceu, mamãe?

— Foi só um sonho. Não é nada. A mamãe precisa sair com a madre e você ficará com as irmãs, seja obediente, tá?

Assim que me recupero, partimos para Santa Graça. No caminho, madre Tereza explica que o padre Rudimar apenas falou que me procuraram e queriam saber de Bruna. Ele não entrou em detalhes, mas é óbvio que só podiam ser aqueles safados, devem ter descoberto sobre mim e querem a minha filha. Quem mais me conhece? Ninguém. Nunca, jamais entregarei Bruna, eu sou capaz de matá-los se tocarem em um fio de cabelo dela. Deus me perdoe.

Chegamos e padre Rudimar me aguarda aflito. Nos abraçamos e sentamos na cozinha para conversar, enquanto tomamos um café recém-passado. Sei que com ele e madre Tereza eu posso me sentir segura, eles cuidam de mim.

— Padre, foram eles que vieram atrás de mim? Nem consigo pronunciar o nome daqueles monstros.

— Não. Se fossem eles, eu mesmo os teria enxotado e chamado a polícia. Desculpe te deixar preocupada, menina, eu não tive tempo de explicar para a madre quando liguei, porque chegou gente e eu não pude falar. Mas não foram *eles*, fique tranquila, aliás, acho que aqueles lá nem devem mais morar aqui.

Sinto um alívio tremendo quando ele nega o que eu mais temia durante esses anos: ser encontrada. E tomara que realmente eles tenham evaporado, eu só preciso tirá-los do meu coração e mente. A curiosidade me toma. Quem mais nesse mundo poderia querer algo comigo ou minha filha? Deve ser algum engano, porque as únicas pessoas que conheço além daqueles animais são o padre, as irmãs e minha filha, minha verdadeira família.

— Nossa, desculpe-me também, eu tirei conclusões precipitadas, como o senhor desligou o telefone, deduzi até o pior! Felizmente não é isso, mas então o porquê da urgência, padre?

Madre Tereza também parece preocupada. Quem será que quer falar tão urgente comigo?

— Madre Tereza, me acompanhe até a igreja, quero lhe mostrar uns documentos e no caminho lhe explico. Olívia, a pessoa que quer falar com você está na sala te aguardando. Fique calma.

Os dois saem e eu me sinto órfã e assustada. Quem está ali naquela sala? O que quer comigo? Levanto-me e sigo até lá, afinal, padre Rudimar jamais me deixaria sozinha com alguém que pudesse me fazer mal. Ando até a sala, ansiosa e com o coração nas mãos. Pensei nesse pequeno trajeto em mil possibilidades, todavia nada me preparou para a pessoa que está me aguardando. Nada.

Apoio-me no batente da porta para não cair.

Sentado no sofá está um dos rostos mais lindos que já vi na minha vida, uma pessoa bondosa e gentil, que eu devo ser eternamente grata. O doutor que conheci há sete anos está à minha frente, e eu o reconheceria mesmo daqui a mil anos. Mas por quê?

— Você está bem? Aconteceu alguma coisa? — Suas mãos tocam meu braço e o choque que sinto me traz a realidade de que eu fiquei feito uma tonta, parada e encostada na porta. Que vergonha.

— Foi só um mal-estar repentino — invento e já me arrependo, afinal ele é um médico, não é? — Pode sentar, o padre Rudimar disse que queria falar comigo e nem posso imaginar no que posso te ajudar, senhor... Qual o seu nome?

— Ah, desculpe-me a grosseria, eu sou Leonardo, apenas Leonardo, sem o "senhor". Eu fui o médico que fez o seu parto há sete anos. Lembra-se?

Nunca me esqueci, nenhum único dia, penso. Meu corpo estremece ao som de sua voz, ele parece muito tenso e o assunto deve ser bem sério. Ele é ainda mais bonito do que me recordo: um homem alto, forte, mas com um ar de menino. Que lindo!

— Lembro-me, claro, aliás, sempre quis agradecê-lo, mas não sabia nem mesmo o seu nome. Obrigada, doutor, por tudo que fez por mim e minha filha. Mas em que eu posso ajudar?

— Não precisa agradecer, fiz o meu trabalho. É Olívia seu nome?

Assinto com a cabeça.

— Olívia, o que me traz aqui é um assunto muito sério, delicado e que tem a ver com o dia que a senhorita deu à luz sua filha.

— O senhor está me assustando, o que aconteceu?

Capítulo Doze

LEONARDO

Logo que a fatídica descoberta caiu em meu colo como uma bomba, comecei a agir antes que Dona Carolina envolvesse a polícia no caso, pois algo me dizia que não havia um crime e sim um erro. Um erro grotesco, imenso, mas que não havia mais como apagá-lo e envolver terceiros, isso só pioraria. Deixei Bruna com meus pais. Minhas irmãs estavam a par do ocorrido e eles fariam os testes enquanto eu resolveria esse "problema" para que tivéssemos um mínimo senso de orientação.

Vou direto para o hospital onde tudo aconteceu, em Santa Graça. Se eu desejo alguma resposta, só entrarei aqui. Reencontro com o médico que fez o parto de Marcela, que assim como a enfermeira, ainda trabalham no local mesmo depois de tantos anos. Conversamos por um tempo, ele se desculpa pela morte de Marcela e eu o acalmo, afinal, não é culpa dele. Conto para ele as minhas dúvidas.

Chocado, me explica que no dia após o parto a moça havia fugido e tinha entrado e saído do hospital sem identificação. Na época a enfermeira foi advertida e quase demitida, mas ele cuidou para que nada lhe acontecesse, afinal eram somente os dois e aquele foi um dia atípico e cheio de confusões. Conforme ele falava, fui me desesperando. Se eles não sabiam do paradeiro da moça, o que eu faria? Será que realmente havia sido criminal e eu estava sendo ingênuo?

— Eu gostaria de falar com a enfermeira, às vezes existe algo que ela se lembre. Posso? — No fundo, acabei desconfiando da mulher, muito estranho ela não ter visto nada, não ter notado a troca, já que cuidou das duas crianças.

— Claro, doutor, ela deve estar chegando do horário do almoço, pode aguardá-la aqui. Se me der licença, eu preciso atender os pacientes que estão na espera, mas eu estou à disposição para ajudá-lo no que for necessário. Infelizmente aqui não há recursos de câmeras, mas Sueli talvez se lembre de alguma coisa importante. Obrigado mais uma vez.

Trocamos cumprimentos e eu espero a tal Sueli retornar. O tempo parece retroceder, ao invés de avançar.

Quando a enfermeira retorna, me apresento imediatamente e vou direto ao assunto para não haver fuga, nem subterfúgios, mas ela está tranquila, o que só me confunde mais. Repito as perguntas que fiz ao médico, só não falo sobre a suposta troca das crianças. Suas respostas são as mesmas do doutor. Frustrado, fico a ponto de esbravejar quando ela se lembra:

— Ah, essa moça, doutor, esteve aqui há algumas semanas cuidando de um padre que estava internado, inclusive eu a reconheci e dei-lhe uma bronca por ter fugido daquela maneira no passado. Eu sei apenas que o nome dela é Olívia, mas conheço quem poderá ajudá-lo, o padre Rudimar.

Tenho a certeza agora de que ninguém do hospital está envolvido, embora tenham sido irresponsáveis. Como poderei julgá-los? Lugar precário, sem verbas, poucos funcionários, eles fazem até mais do que está ao seu alcance. A enfermeira me indica o local em que o padre mora e sigo para lá.

Padre Rudimar me recebe e ouve atenciosamente toda a história, e se espanta com minhas dúvidas. Ele me garante que Olívia é uma boa moça.

— Posso falar com ela, padre? Onde eu posso encontrá-la?

— Eu não posso dizer onde encontrá-la, porém posso chamá-la, com uma condição: que você a trate bem, tenha paciência e saiba falar. Olívia pode até ter errado, mas é apaixonada pela filha. Ela é uma moça jovem e muito sofrida, então se me prometer zelo, eu a trarei aqui.

— Claro, eu jamais a destrataria, não nego o quanto estou bravo e angustiado com tudo isso, mas o senhor tem a minha palavra. — Acho estranho não poder ir ao encontro da moça, mas fico quieto, afinal, se ela vier, já é meio caminho andado.

Em seguida, ele liga para algum lugar e pede que a tal Olívia venha. Espero por mais de duas horas, porém nada me faria ir embora sem antes falar com ela e entender o porquê de ter feito uma idiotice dessas, — se é que o fez. Terei que ter muito controle para não chacoalhar sua cabeça oca.

Ouço um barulho na porta e levanto os olhos. Meu coração perde uma batida, não precisaria de teste de DNA e nem de provas, realmente as crianças foram trocadas, pois o rosto dela reflete o rosto da minha pequena Bruna. Toda raiva se dissipa e eu sinto uma repentina afeição por ela.

Preciso tocá-la para ter sua atenção, pois ela fica estática no batente da porta nquando me vê e seu semblante é assustado. Será medo de ter sido descoberta? Por que essa reação de aflição?

Depois dos cumprimentos e do seu mal-estar repentino, enfim

começo a relatar o motivo de minha vinda. Sou cauteloso, falo sobre a coincidência dos partos, do que aconteceu com minha esposa. Preciso deixar que ela exponha o resto. Ela está com os olhos arregalados, assustada e nervosa, parece uma criança perdida e tenho um desejo repentino de acolhê-la em meus braços.

— Olívia, no dia que você deu à luz sua filha, você se lembra de tudo? — Ela assente. — E no dia seguinte, o que aconteceu? Eu preciso que me conte cada detalhe de tudo o que se lembrar daquele dia, de como entrou e saiu do hospital.

— Olha, doutor, eu já expliquei para a enfermeira que não preenchi a ficha porque eu estava assustada, sem meus documentos, eu não queria prejudicá-la. O senhor irá demiti-la? Eu posso ir até lá e explicar que a culpa foi minha, a coitada nem mesmo viu a hora que saí do hospital. Eu não sou má pessoa, capaz de prejudicar quem quer que seja!

— Não é isso, eu quero saber como foi a sua saída do hospital, quem foi buscá-la e por que saiu sem avisar? — Percebo, pelos seus gestos e falha na voz, o seu pânico, e me divido entre sua culpa e inocência.

— Foram eles que te mandaram aqui, não foi? O que eles querem de mim? Eu não vou entregar minha filha, a Bruna é minha, minha!

Ela gesticula ainda mais, querendo fugir. De repente paraliso e me atento ao que ela disse: *Bruna. O* choque me açoita como um chicote afiado e a dor no peito são cruéis. O que está acontecendo?

— Repete o que você disse? — Agora eu não estou mais sendo educado. Me vejo chacoalhando seus braços. No mesmo instante em que ela começa a chorar e tremer, eu me arrependo, especialmente por ter descumprido minha promessa com o padre. Então eu a solto. — Desculpe-me, eu não quis gritar com você! Sua filha se chama Bruna?

— Sii... sim.

Ela treme e para ter sua atenção e confiança novamente, eu preciso despejar tudo. Depois de ouvir "eles", é óbvio que está escondida. Será que alguém a mandou para fazer a troca?

— Olívia, preste atenção, não há ninguém, eu vim sozinho e o que vou falar é assustador.

Seu olhar é de desamparo e, que droga, novamente tenho vontade de abraçá-la.

— No dia em que sua filha nasceu, como eu já lhe disse, minha esposa também deu à luz uma menina, no mesmo hospital, mas infelizmente minha mulher teve umas complicações e morreu. Na confusão e tristeza, eu vi minha filha no nascimento e depois, somente no outro dia. Está me entendendo?

Ela confirma que sim, aperta as mãos em seu colo e morde os lábios, preocupada. Sou tentado por eles e me puno por ter esse pensamento ridículo, fora de contexto, diante de uma situação terrível como essa. Devo estar fora de mim. Só pode.

— Minha filha também se chama Bruna. — Ela arregala os olhos e sorri. — Mas, infelizmente, descobrimos há alguns dias que ela tem uma grave doença. Bruna está fazendo um tratamento e precisa de um doador de medula. Durante esse processo de exames para encontrarmos alguém compatível, descobri que ela não é minha filha biológica. No início pensei que minha esposa havia me traído, mas os pais dela fizeram exames e comprovamos que Bruna não é minha filha e nem de Marcela.

— Não? Mas como? Então quer dizer que ela foi... — A ficha dela cai e coloca a mão no peito, sussurrando: — trocada?

— Sim, Olívia, o que eu suspeito é que minha filha tenha sido trocada e só havia outra criança no hospital, a sua, por isso é importante que você tente se lembrar de tudo o que aconteceu.

Sem que eu espere, Olívia se joga em meus braços e chora compulsivamente. Fico sem reação. Somente aos poucos toco em suas costas, procurando acalmá-la. Passo as mãos em seus cabelos sussurrando que tudo ficará bem, não sei se digo a ela ou a mim. E eu imaginei mil possibilidades quando a encontrasse, um confronto, ânimos exaltados, mas em nenhum momento, supus que estaria lhe acalentando.

Abraço-a com um pouco mais de força e meu corpo inteiro sente a sua energia, é algo incrível, um tremor que percorre minhas veias, um cheiro doce inebriante que me faz sentir paz, em casa, faz sentir-me homem como há sete anos não me sinto. Com essa constatação, afasto-a de mim como se tivesse levado um choque e tento ser racional.

— Preciso que você se acalme e converse comigo, Olívia, e perceba o grande problema que está diante de nós. Promete tentar?

— Minha filha, você vai tirar minha filhinha de mim? Eu não posso, não consigo, ela é tudo o que eu tenho. Não, por favor, não!

Meu Deus, de repente eu passo de ter de ser acalmado para acalmar.

— Olívia, tenha calma, nós vamos conversar sem gritos e choro, eu preciso que você entenda que não sou seu inimigo, estou aqui na mesma situação que você e, pior, estou desesperado porque preciso salvar a vida da minha filha, e se tudo se confirmar, ela é, na verdade, *sua filha*.

— Sua... minha filha está doente? — ela diz para si mesma e começa a me contar tudo, e em todo momento olha como se pedisse desculpas: — Eu estava apavorada, tinha apenas dezesseis anos. — Porra. ela era uma criança, ela é ainda uma criança. — Estava sozinha e ninguém podia me encontrar. — Penso em perguntar quem, mas não a interrompo. — No outro dia, me levantei e corri até o berçário, na hora só tinha um neném no bercinho, eu a enrolei em um lençol e corri com ela dali, parei por um momento e pensei em avisar a enfermeira, mas eu não a encontrei por perto. Ia falar com o médico, mas o hospital estava cheio de gente, então corri e me escondi na casa do padre. Foi isso. Mas não havia outro bebê, e pensei, eu pensei que estava com minha filha.

— Eu me lembro que coloquei sua filha no seu colo. Não reconheceu seu rostinho? E por que sua filha se chama Bruna? Por que ela tem o mesmo nome da minha filha?

Agora ela chora com mais força e eu fico repleto de "porquês".

— Eu não sabia que tinha outra criança no hospital, eu juro, e meu medo era tanto que eu só queria correr. Quando cheguei em casa, havia uma pulseirinha no braço dela, mas eu não sabia ler, então tirei e coloquei na mesa. Quando o padre Rudimar me perguntou o que era aquela pulseira na mesa e leu o nome "Bruna", eu disse que era a pulseira que estava no bracinho dela. Como amei o nome, disse a ele que era o nome que havia escolhido, na minha inocência não o associei, e ele deduziu que já era a minha escolha. Só agora percebo minha insensatez! Depois caí numa febre forte e passei vários dias delirando, com dores. Padre Rudimar cuidou de nós duas, tampouco ele teve tempo de voltar ao hospital ou questionar qualquer coisa. Ao me recuperar, não lembrava nada, apenas que eu tinha um bebê para cuidar. O padre nos levou ao convento e vivemos lá até hoje, essa é minha história.

Chego a ter pena da garota jovem com um filho e sozinha. Deduzo que sua gravidez foi de alguma maneira forçada e passo a odiar quem fez isso com ela. Por que esse sentimento? Não faço ideia, talvez por ser a mãe da Bruna, por enxergar nela a minha filha. De qualquer forma, uma compaixão me pega de jeito.

Ela diz:

— Eu amo tanto minha filha, ela é bem diferente de mim, mas nunca desconfiei de nada, ela é loira de olhos azuis e...

— Espera! Você disse olhos azuis?

Os olhos azuis de Marcela vêm à minha mente como o céu.

Não resta mais nenhuma sombra de dúvidas: ela trocou as crianças.

Capítulo Treze

OLÍVIA

É inacreditável o que está acontecendo. Estou apavorada. Se a história não fosse tão coerente, eu diria que é uma piada, triste e de mau gosto.

Um erro, um grande e grotesco erro, e totalmente meu. Não posso jogá-lo sobre ninguém. No fundo, minha pouca idade, meu medo, uma gravidez que eu nem sabia lidar, fruto da maldade do meu padrasto e, pior, da minha mãe que deveria me amar até poderiam justificar, mas eu devo assumir minha inconsequência.

— Serei presa? Você vai tirar a minha filha de mim? — Faço as perguntas que indicarão meu futuro e meu mundo, que começou a ficar colorido, volta a ser preto e branco, a ser escuridão. Acho que não nasci para ser feliz mesmo.

Mas de repente olho para o homem que tem o meu destino nas mãos e ao invés de temê-lo, eu sinto amparo.

— Responderei "não" para essas perguntas, Olívia, embora não dependa somente de mim, existem os avós dela. No que estiver ao meu alcance, não permitirei que façam nada contra você. Preste atenção, temos que ter em mente que estamos falando de duas crianças inocentes e que não podem pagar por nossos erros, uma delas está doente e precisando de nós. Por elas, precisamos ser amigos, nos unirmos, e não poderá haver segredos ou mentiras entre nós. Entendeu?

Ao atribuir meu erro a ele também, falando "nós", meu coração sucumbe de ternura a esse homem bondoso, que poderia me colocar na cadeia, me desprezar, mas ele é compreensivo, está ao meu lado e pensando no melhor para as crianças. Olho-o intensamente e vejo a boca de Bruna na dele. Sempre achei a boca dela a coisa mais linda, bem desenhada, vermelhinha. É a mesma. Penso na minha filha biológica e me pergunto se ela se parece comigo, e sinto um desejo instantâneo de salvá-la e protegê-la.

— Entendi e nem sei como agradecer sua benevolência para comigo, eu quero salvar a minha filha, digo, sua, é, er... nossa, bem, eu farei o que for preciso por ela. Queria te perguntar uma coisa, ela se parece comigo?

— Vou fazer melhor do que responder. Olhe esta foto.

Ele pega o celular do bolso e me mostra uma foto da criança, e quando vejo essa criaturinha linda, de cabelos castanhos e encaracolados, exatamente como os meus, sinto um grande amor no peito, um amor que só senti até hoje por Bruna. E fico aliviada por ela não ter nenhum traço daquele canalha.

— Pena que eu não tenha nenhuma foto da minha Bruna, não tenho celular. — Admiro a foto até que consigo sussurrar: — Ela é linda, se parece comigo. Eu destruí nossas vidas, parece que onde eu toco, há tragédia. Sou uma desgraça. E agora? Como será, doutor Leonardo? — Cubro meu rosto com as mãos e choro de novo.

— Calma. Não sei, Olívia, teremos que descobrir juntos, por isso a importância de sermos amigos. O primeiro passo é conhecermos as meninas, ganharmos a confiança delas e depois encontraremos a melhor forma de lhes contar a verdade. Não será fácil, os pais de minha esposa querem a neta e eles têm esse direito, da mesma forma que você tem direito sobre minha filha. Vai ser bem complicado mesmo, além do que você precisará provar que fez tudo sem intenção, que foi um erro, um acidente e não algo premeditado.

A mesma confiança que tenho por padre Rudimar, tenho por esse homem. É inexplicável, porque apesar do drama que estamos vivendo e toda situação difícil que teremos de enfrentar, ele me transmite paz e bondade, como se nos conhecêssemos de vidas anteriores.

Ficamos alguns minutos em um silêncio constrangedor, sentindo-me avaliada por ele. Felizmente, padre Rudimar e irmã Teresa adentram na sala. Eles me questionam com o olhar se eu estou bem e com um sinal afirmativo com a cabeça, digo que sim. Sentam-se conosco e meu "paizinho" é o primeiro a falar, sempre protetor:

— Olívia, nós estamos cientes de tudo o que aconteceu, houve uma grande irresponsabilidade e de certa maneira contribuí para toda essa confusão. Na época, eu deveria ter ido até o hospital para ter conhecimento de como foi sua internação, o parto, enfim, mas infelizmente aquela sua febre e um bebê indefeso me deixaram preso por uns bons dias. Depois o tempo passou e deu no que deu. Não quero julgá-la, nem tenho esse direito, minha filha, mas você sabe que toda ação tem uma reação e tudo gera consequências. Sejam lá quais forem, teremos que assumi-las.

— Eu sei, padre, não estou eximindo minha responsabilidade, enfrentarei o que for preciso, só não posso perder a minha filha e também não posso viver sabendo que a minha filha verdadeira está longe de mim, quer dizer, as duas são verdadeiras, as duas são "Brunas". Meu Deus! Tudo é muito complicado, estou desnorteada, o que o senhor e a irmã me aconselham?

Leonardo nos olha e não interrompe nenhuma vez. Há como esse homem ser mais perfeito?

— Eu havia conversado com o doutor Leonardo antes de chamá-la.

— Só Leonardo, padre, por favor. — Ele faz essa pequena interrupção.

— Bem, como eu dizia, Leonardo e eu achamos que seria importante vocês se conhecerem. E o mais importante que tudo: tem a questão da saúde da outra menina. Você deveria acompanhá-lo para resolver as questões judiciais, burocráticas, são coisas impossíveis de serem resolvidas à distância. No fim, acho que não tem escolha, querida.

— Mas, como? — Olho de um para o outro na busca de uma resposta, mas a expressão de Leonardo é séria e não ajuda em nada. — Não tenho condições financeiras de ir com ele, como seria?

— Olívia, o padre Rudimar explicou sua situação — Leonardo diz.

Ai, meu pai, o que será que ele falou? O quanto esse homem sabe a meu respeito? Sinto-me envergonhada por ser "ninguém" diante dele.

— Eu tomei a liberdade de fazer uma sugestão, mas vejam bem, é apenas uma sugestão, já que sua filha não frequenta a escola e você não tem um emprego fixo.

Pronto! Agora me sinto uma irresponsável, um lixo.

— Vocês poderiam ir comigo para São Paulo, você ficaria hospedada em meu apartamento, ou caso não se sinta à vontade, poderá optar pela casa dos meus pais ou um hotel. Eu custearei toda a despesa. Seria por um período curto, até resolvermos as coisas judiciais e até a cura de Bruna.

Uma confusão tremenda esses nomes iguais, penso. Olho para o padre Rudimar e ele sabe que é uma súplica para que decida por mim. Eu não tenho meios de fazer nada efetivamente.

— Acho que deve ir, Olívia. Leonardo se comprometeu comigo a cuidar de vocês duas, a não deixar que nada de mal lhes aconteça e eu confio nele. Madre Tereza e eu separamos uma quantia em dinheiro para você suprir alguma necessidade, estaremos a uma ligação sua, prontos para resgatá-la e protegê-la.

Ah, como eu amo esses dois.

— Sendo assim eu vou, mas estou com tanto medo. — Me jogo nos braços do padre Rudimar e choro de novo. Seu abraço me conforta e nem me importo com o que Leonardo esteja pensando.

Despedimo-nos do padre Rudimar, que como um verdadeiro pai, deixa várias "ordens e ameaças" ao doutor. Madre Tereza ainda não pronunciou uma única palavra e sei que espera por um momento oportuno e íntimo para falar. Seguimos para o convento e Leonardo vai conosco. Pegarei minhas coisas para, enfim, ir com Bruna até São Paulo, junto com o doutor.

Estou apavorada com tudo. A única viagem que já fiz na vida foi entre Santa Clara e Altinópolis, que não dá nem 60 quilômetros de distância uma da outra. Eu não conheço nada da vida. Eu sou apenas um monte de erros neste mundo, praticamente sozinha, e prestes a perder a única coisa que me mantém viva.

Capítulo Quatorze

LEONARDO

Até aqui as coisas não foram tão difíceis. Não devemos sofrer antecipadamente por nada, porque no meu trajeto antes de chegar a Santa Graça pensei tantas coisas ruins, pensei em roubo, tráfico de crianças, que não encontraria a tal moça, depois pensei que ela seria uma criminosa, conjecturas absurdas que serviram apenas para me atormentar. É claro que estamos diante de um grande erro, cheio de danos e prejuízos, mas saber que não foi um caso premeditado ou criminal, e que ela está disposta a consertá-lo, já é metade da solução. E a raiva que senti anteriormente caiu por terra quando vi o pavor nos olhos de Olívia.

Estamos indo ao convento e meu coração bate tão rápido. Conhecerei a minha filha e temo muito a minha reação, será que irei amá-la? Será que eu iria reconhecê-la caso um dia a encontrasse sem saber de nada? No meio destes questionamentos, olho para Olívia furtivamente. Ela tem até os trejeitos de Bruna, o jeito de colocar o cabelo atrás da orelha e de apertar as mãos no colo quando fica nervosa. As lembranças da minha filha me enchem de saudades dela e me causam uma sensação diferente por Olívia. Passo a ter uma afeição imensa e pena, também. Sei que esse sentimento é destrutivo e feio, mas me compadeço dela.

Uma jovem que foi mãe aos dezesseis anos de idade e sem escolha, sozinha no mundo, sem um horizonte. Quando ela disse ser analfabeta, fiquei incrédulo por saber que ainda há pessoas que não sabem ler e escrever. Sinto no meu peito uma vontade de ajudar essa menina, de cuidar dela e sou um canalha, porque não há nada de fraternal nesse sentimento, ela despertou em mim uma necessidade, um avassalador desejo. Puno-me internamente, ela é só uma menina e é assim que devo enxergá-la. Olívia é um problema na certa. Preciso internalizar isso de forma RACIONAL, PRECISO!

A madre anuncia que estamos chegando e ao avistar o convento, surpreendo-me com a beleza do lugar (mais uma vez havia levantado um julgamento de que era um lugar precário e feio). Fico feliz em saber que minha filha mora em um belo ambiente e convive com pessoas do bem, e que conhece a Deus. Minha ansiedade para vê-la só cresce.

Instruído por elas, aguardo na sala de recepção enquanto Olívia busca sua filha (minha). Já não consigo pensar nela diferente. Durante esse tempo, a madre Tereza senta-se ao meu lado e como suspeitei, quer falar a sós comigo.

— Meu filho, nesse curto período em que lhe conheci, notei que você tem um bom coração e espero não estar enganada em meu julgamento. Olívia é uma menina indefesa e ingênua, do mundo lá fora só conheceu a parte feia e ruim, espero que você lhe apresente o lado bom, ela não merece sofrer mais do que já sofreu. Peço-lhe também que tenha paciência, às vezes ela pode ser meio infantil, mas é uma das pessoas mais bondosas e generosas que eu já pude conhecer. Ela escolheu o amor ao invés do ódio, embora tivesse todos os motivos do mundo para escolher a segunda opção. Cuide bem dela.

Ela dá um tapinha na minha mão e respondo com um "prometo", porque todas as palavras me somem quando Olívia adentra na sala de mãos dadas com uma miniatura de Marcela. É um choque, mãe e filha são idênticas. Pequenininha de cabelos loiros e lisos até quase a cintura, olhos azuis que chegam a ser transparentes. Ela é linda. Está cada vez mais próxima de mim e eu cada vez mais próximo de desmaiar.

— Leonardo, eu quero te apresentar a minha filha Bruna. Bruna, esse é o amigo da mamãe que eu te falei, o doutor Leonardo.

— Oi!

Ela me estende a pequena mãozinha e olha de mim para a mãe num questionamento. Me apaixono imediatamente e anseio para que ela goste de mim também.

— Oi, Bruna. Você é muito bonita. Eu tenho uma filha e ela também se chama Bruna, acredita?

— Sério? Que legal. Onde ela está? — Ela olha em volta, procurando.

— Ela está na minha casa, você gostaria de conhecê-la?

— Eu posso, mamãe?

Não sei se é o sangue que fala alto nessa hora, mas já amo essa menina.

— Pode, meu amor. A mamãe também vai conhecer a filhinha dele.

— Jura? Onde ela mora? Lá no padre Rudimar?

Meu coração dói em saber que ela não conhece nada, sua única referência são essas duas pequenas cidades. Serão muitas novidades para mãe e filha, e uma grande preocupação para mim. Além das que já terei que enfrentar: a apresentação entre todos, a reação dos pais de Marcela e a insegurança que recairá sobre nós.

Aguardo Olívia conversar com a irmã Tereza e ajeitar as bagagens. Enquanto isso, Bruna pega minhas mãos e me leva para conhecer o convento. Seu toque suave as queima. Ela fala com entusiasmo, me mostra pequenos detalhes e a paixão como apresenta seu mundo, com vida, são idênticas às da sua mãe biológica, e penso o quanto Marcela seria alucinada por ela.

Depois que conheci cada cantinho e Bruna esteve eufórica em saber que eu sabia rezar (e me fez "provar" pra ela), somos chamados por Olívia, que tem os olhos vermelhos e concluo que são de chorar.

A madre nos deixa na rodoviária, e todas as irmãs que couberam na Kombi foram juntas. A despedida foi um *chororô*, menos Bruna, ela apenas admira o ônibus e fala em como seria legal andar nele.

Durante o trajeto até a capital, converso com Olívia sobre várias coisas, mas o que mais me encantou foi seu amor por Deus, sua fé inabalável. Ela também se surpreendeu ao saber que sou religioso. Ao chegarmos à rodoviária de João Pessoa, vamos direto ao aeroporto. No guichê para comprar as passagens, peço os documentos para Olívia e ela paralisa.

— Precisa de documentos? Eu, eu, ãh, nem sei como dizer. Na verdade, eu não me chamo Olívia. — Ela abaixa a cabeça envergonhada enquanto pega os documentos na bolsa.

Preciso saber tudo o que essa menina esconde.

— Então você se chama Maria Aparecida? É bonito o nome, porque não usa seu nome verdadeiro?

— É uma longa história.

— Uma longa história que precisará me contar, você sabe que não haverá segredos nem mentiras entre nós, não é? — Ela assente, envergonhada, e com pesar, vejo em sua certidão quanto na da minha filha: "pai desconhecido". Óbvio que preciso saber quem é o pai de Bruna, por todas as questões burocráticas e também pelo seu quadro de saúde. E quanto aos registros, tentarei ser legalmente o pai das duas meninas.

As confusões só aumentam.

— Olívia, quer dizer, Maria. Há alguma coisa importante que precise me falar?

Ela assente de cabeça baixa. Toco seu queixo e ergo sua cabeça em minha direção, arrependo-me de ter sido hostil, e quando seus olhos suplicantes e cheios de lágrimas me encaram, tenho vontade de abraçá-la e dizer que tudo dará certo. Chega a ser uma necessidade. Ela confere se Bruna pode nos ouvir e me conta.

— Eu fugi de casa, estava apavorada, eu tive medo que eles me encontrassem e mudei de nome, só usei minha certidão para registar a Bruna. Mas nem ela sabe meu nome verdadeiro, eu não gosto dele, por todas as lembranças tristes que me traz.

Existe algo oculto nessa história e vou descobrir. Padre Rudimar também havia comentado que ela fugiu de casa, e preciso saber o motivo. Deixo para depois, já há conflitos o suficiente por hora.

— Tudo bem, Olívia. Vamos precisar usá-la apenas para comprar a passagem.

Bruna está dispersa com sua bonequinha e não percebe a nossa conversa. Nunca usei da influência da minha irmã ou do meu pai, mas futuramente vejo se há algo que possa ser feito para alterarmos o seu nome definitivamente.

Após pagar uma pequena fortuna para comprar as passagens de última hora, embarcamos. Bruna se encanta com tudo, diz que o ônibus é mais bonito, mas que ela gostou mais do avião, somente sua inocência para dispersar um pouco da tensão vivida há pouco.

Aproveito que Bruna dorme e converso com Olívia, que aparentemente está apavorada.

— Você está bem, Olívia? Está pálida. — Constato o quanto fui um imbecil em não me preocupar se ela teria medo. Droga! Tudo é a primeira vez dela.

— Estou com um pouco de medo desse "negócio" cair, mas estou bem.

— Fique tranquila, aqui é seguro e logo estaremos em casa. Prefere dormir ou quer conversar um pouco?

— Quero conversar, me conte um pouco de como é lá, para eu não ficar tão perdida.

Acho lindo o seu pedido inusitado, fico feito moleque besta de tão feliz, o simples fato de lhe ensinar me atrai.

— São Paulo é uma cidade muito grande, a maior do Brasil, tem muitos carros, prédios, é uma loucura, por isso já aviso que nunca deve sair sozinha e nem deixar Bruna sair, é perigoso. — Ela arregala os olhos, mas preciso amedrontá-la para que não faça besteira. — É uma cidade bonita, um lugar de oportunidades e coisas diferentes. Você vai gostar, só nunca, nunca mesmo, saia sozinha. O que mais quer saber?

— Conte-me um pouco sobre sua família.

Olho-a com ternura, meu conflito interno está acabando comigo, um misto de paternalismo, mas também de cobiça. Preciso olhar essa moça como olho para uma criança e não para uma linda mulher.

— Bem, Olívia, eu vou te apresentar minha pequena família. Tenho duas irmãs: a Letícia, a mais velha dos três, é juíza, mãe dos gêmeos Guilherme e Gabriel de oito anos, arteiros e melhores amigos de Bruna, casada com o Vinícius, uma pessoa maravilhosa e que é advogado. Minha outra irmã é a Laís, também advogada e casada. Seu esposo se chama Tadeu, ele é reservado, meio quieto, mas boa pessoa. É um professor de Filosofia renomado, eles têm apenas um filho, o neto mais velho dos meus pais, que se chama João Pedro, de doze anos. Minha mãe é advogada e meu pai, juiz. Eles são maravilhosos, sempre colocaram a família acima de suas profissões.

Ela esboça um sorriso fraco e compreendo que não deve ter tido uma boa família.

— Que família linda. Todos são advogados e juízes? Acho que posso ser presa a qualquer momento. — Rimos. — Eles parecem ser boas pessoas.

— Eles são, e vão adorar você e Bruna, também. — Sinto um desejo imenso de que isso aconteça, de que realmente gostem uns dos outros. Por quê? Deve ser por causa das meninas, ou ainda por causa desse coração que bate rápido quando estou ao lado dela. — E a sua família, Olívia?

— Não há muito o que contar. Não conheço meu pai biológico, ele abandonou a minha mãe quando ela engravidou de mim, tenho uma meia irmã, a Maria de Lourdes, filha do meu padrasto Jairo. Mas tirando a minha irmãzinha, não tinha nada de família naquela casa. No fundo, considero o padre Rudimar e as irmãs como a minha família.

Por sua tristeza em falar da família, mudo de assunto:

— Me diga algumas coisas que a sua Bruna gosta de fazer e eu te digo algumas coisas que a minha Bruna gosta.

Ela sorri e isso me rejubila.

— A Bruna detesta acordar cedo, come de tudo, legumes, verduras, frutas, as irmãs sabem como convencer alguém.

O sorriso de Olívia é lindo, ela tem uma covinha no canto da boca, que é um charme. *Leonardo, presta atenção nas coisas que ela diz sobre sua filha e não na boca.*

— Ela sabe ler, escrever e fazer contas, é muito inteligente, aprendeu primeiro que eu. É espontânea, serelepe e tem um coração muito bom, não é egoísta, fala sozinha, canta e dança as músicas religiosas que aprende, já que no convento só essas são permitidas. Pronto, acho que é isso, agora fala da sua filha.

Ah! Então tanto Olívia quanto Bruna já são alfabetizadas, fico aliviado por isso.

— Se eu disser que elas são idênticas em tudo, você ficaria muito chocada? Do que você falou, a única coisa que Bruna não gosta é de verduras, uma tortura fazê-la comer. E apesar de conhecer outras músicas, só canta e dança música religiosa, as que aprende nas missas, os priminhos vivem rindo dela.

É incrível essa conexão, as meninas são distintas de qualquer gene e são idênticas no jeito de ser. Acho que essa convivência será mais fácil do que eu supus. E isso me enternece e me emociona de uma maneira indescritível.

Durante o voo, conversamos muito e naturalmente o tempo passa rápido. Parece que nos conhecemos há anos. Olívia é encantadora, uma menina desprovida de qualquer método de beleza artificial, tudo nela é natural e lindo. Seu sorriso, timidez, sua inocência e ao mesmo tempo garra, a tornam uma mulher singular, uma mulher inquisidora que eu gostaria de conhecer cada vez mais.

Entre as opções de hospedar-se nos meus pais, na minha casa ou no hotel, Olívia escolheu ficar na minha casa. Alegou sentir-se mais segura. Não posso negar que algo dentro de mim se iluminou. Mas eu preciso parar com esses sentimentos *esquisitos* em relação a ela, que surgem repentinamente, porque essa garota é problema na certa.

Capítulo Quinze

OLÍVIA

Aterrissamos em São Paulo e todos os meus tormentos esquecidos durante o voo, pela conversa fácil que tive com Leonardo, voltam a me sufocar. Tudo é grande demais para a minha pequenez. A cidade, as novidades, as pessoas que eu terei que conhecer e perante elas reconhecer meu erro, esperar por cada reação, ver minha filha de sangue e não imaginar o que eu ou ela possamos vir a sentir, o medo de perder minha Bruna... e ainda ter que conviver com esse homem que foi o dono dos meus sonhos por sete anos, um homem que a cada minuto desperta-me mais a gratidão e a cada segundo me encanta.

Estou ferrada.

Bruna acordou somente quando pousamos e precisávamos descer do avião. Ela está maravilhada com tudo à sua volta e não para de tagarelar um só minuto. Bem, eu também estou. Fascina-me a paciência com que Leonardo responde e mostra tudo para gente, sem qualquer tentativa de nos diminuir ou intimidar com nada.

Caramba, que incrível tudo isso, sei que estou parecendo aquelas "caipironas" que nunca saíram do meio do mato, mas na verdade é isso que sou, uma caipirona que não conhece nada da vida! É espantoso ver tanta gente, carros, movimento, as pessoas se cruzam num vai e vem tão rápido, ninguém se olha, se cumprimenta, é uma loucura. Muito diferente de Santa Graça, onde a cada esquina um cumprimenta o outro, questiona da vida, especula as fofocas, todo mundo sabe quem é quem. Ironicamente, pela primeira vez será bom eu ser "ninguém" para todos aqui.

Chegamos ao apartamento de Leonardo e enquanto Bruna corre para olhar tudo e sem nenhum pudor o enche de perguntas, aproveito o diálogo entre eles e tento gravar em minha mente tudo o que ele explica a ela. Timidamente, os sigo pelo apartamento que é lindo, enorme, organizado e muito sofisticado, uma decoração sóbria, bem masculina. Estou deslocada e apavorada.

— Bruna, Olívia, este quarto fechado é da minha filha, deixarei que ela mostre para vocês, e este ao lado do dela será o quarto de vocês. É uma suíte e terão privacidade. Enquanto organizam as coisas e tomam um banho, eu prepararei algo para comermos. Olívia pode usar este armário para acomodar as roupas de vocês, no banheiro também tem tudo o que precisam, minha funcionária Joana deixou arrumado. Fiquem à vontade e sintam-se em casa.

— Obrigada, doutor Leonardo. Muito obrigada mesmo.

Ele encosta a porta e nos deixa sozinhas, assim admiro o quarto de boca aberta, é três vezes maior do que o quarto do convento, nunca tinha visto um lugar tão bonito. Há duas camas de solteiro imensas, separadas por uma cômoda. Na frente delas há um armário e uma escrivaninha. As colchas floridas em tons pasteis combinam com a cortina clarinha e os tapetes fofinhos no chão. É um quarto de princesa.

Bruna fala ao mesmo tempo em que penso:

— Mamãe, esse quarto é de princesa. — E deita na cama toda serelepe.

Sim, filha, é, mas não somos nós as princesas, penso.

— Mamãe, nós vamos morar aqui agora? Ai, diz que sim, eu estou adorando tudo aqui, mas não conta para as irmãs para que elas não fiquem tristes, tá, mamãe?

Só minha filha mesmo para me distrair de tantas coisas.

— Por enquanto ficaremos aqui, minha querida, mas não para sempre. — Sua expressão tristinha me diz que preciso ser firme com ela, para que não crie expectativas. — Bem, vamos trabalhar, mocinha, que temos muito serviço por aqui, e desfaz essa carinha triste, acabamos de chegar e teremos tempo para aproveitar.

Após organizarmos as roupas e tomarmos banho, espero o máximo de tempo no quarto criando coragem para sair, mas Bruna me vence pelo cansaço e de tanto me chamar, abro a porta, cautelosa. E que minha *empreitada* comece.

— Ah! Aí estão vocês. Estava esperando para comermos um lanche. Tudo certo com as acomodações?

Ele também tomou banho e seu cabelo despenteado o deixa com um ar de leveza, apenas de short e camiseta, parece um menino. Sacudo a cabeça na tentativa de que meus pensamentos voem para longe, nunca tive esses devaneios e isso é errado em todos os sentidos.

— Sim, tudo perfeito, obrigada, doutor Leonardo.

— Olívia, não precisa ficar me agradecendo o tempo todo, eu quero que fique à vontade, pode abrir a geladeira quando tiver fome, usar a cozinha, a lavanderia, assistir televisão. Qualquer coisa, entendido? Também esqueça o "doutor".

Sim, entendido, só não falo, apenas afirmo com a cabeça. *Não dá pra você ser um pouco menos perfeito?*

— Ah, obrigada. Ooops. — Rimos e eu tampo a boca na hora. Ele arrumou uma mesa pequena na cozinha e serviu lanches que estavam com uma aparência de dar água na boca. Nunca fui servida assim, é até estranho ter comida sem que seja mendigada, como na época da minha infância, ou feita com muito empenho e trabalho como era no convento.

— Nossa! Podemos mesmo comer esses lanches ao invés de sopa, mamãe?

— Sim, meu amor, as coisas serão um pouco diferentes do convento, querida, aqui nós vamos seguir as regras da casa do doutor Leonardo.

— Como assim?

— Cada casa é de um dono e cada dono escolhe as regras. Entendeu?

Penso, triste, que na minha casa nunca houve regras, não tinha horário para comer, aliás, mal tínhamos comida, não tinha nenhuma hierarquia a seguir, apenas a violência e o silêncio do descaso. Expulso esses pensamentos antes que eu chore, como sempre acontece. Hoje não quero pensar nas minhas tristezas.

— Um dia eu terei minha casa também, mamãe, e uma das minhas regras será igual a do doutor Leonardo, lanches ao invés de sopas. — Nós três rimos, por dentro desejo fortemente que um dia minha filha tenha seu próprio lar e que possa escolher tudo como bem desejar.

— Bem, meninas. Então, vamos comer? Estou com uma baita fome e quero falar mais uma regra aqui, nada de me chamarem de doutor Leonardo, apenas Leonardo pra você, Olívia, e para Bruna, pode ser tio Léo. Combinado?

Para mim, poderia ser apenas Léo, também. Por que não posso? Íntimo demais? Sim, Olívia, coloque-se no seu lugar, esse homem tem sido muito mais generoso do que você realmente merece.

— Doutor Leonardo. — Ele fecha a cara. — Quer dizer, Leonardo, você não vai buscar sua filha? Não tenho que falar com seus pais? Com os avós dela?

— Ficou tarde, Olívia, é melhor vocês descansarem e amanhã, quando acordarmos, iremos até a casa deles.

Fico decepcionada e aliviada. Embora eu tenha mais tempo para pensar, também terei mais tempo para sofrer, além da ansiedade para conhecer minha outra filha.

— Leonardo, eu preciso telefonar para o padre Rudimar e no convento para avisá-los que fizemos uma boa viagem e que está tudo bem.

— Claro, Olívia, já devíamos ter feito isso, eles devem estar preocupados. Use o meu celular.

Leonardo faz a ligação e me entrega o aparelho. Primeiro falo com o padre Rudimar. Levo uma pequena bronca pela demora ao ligar. Ele pergunta como estou sendo tratada e como foram as coisas até aqui, e eu respondo com palavras monossílabas, pois Leonardo está na minha frente e morro de vergonha de ser mais detalhista. Desligo na promessa de mantê-lo informado. Em seguida, ligo para o convento e a madre sente-se aliviada por saber que estou bem. Falar com eles deixou-me emotiva, cheia de saudades e ao mesmo tempo, fortaleceu-me.

Depois que ajudo Leonardo a lavar a louça — contra a sua vontade —, despeço-me dele e chamo Bruna para deitarmos. Ela quer assistir televisão, mas não permito, afinal não somos acostumadas, seria bobeira criar um hábito que teria que cessar de qualquer maneira.

Após todo o ritual noturno de escovar os dentes, pôr o pijama, rezar, responder a mil perguntas da Bruna ansiosa e curiosa, enfim minha bonequinha dorme. Agora, olhando seu rostinho inocente e tão sereno, o medo me sucumbe. E se eles quiserem tirá-la de mim? Quem sou eu para fazer qualquer coisa? Será que Leonardo apenas usou de uma falsa bondade como isca para que eu viesse? Será que devo fugir enquanto há tempo?

Não! Seriam três pessoas errando em um julgamento: eu, padre Rudimar e madre Tereza. Ambos conversaram comigo e além de me apoiarem a vir, garantiram que Leonardo era um bom rapaz. Claro que se houvesse um pé atrás que fosse, por qualquer um de nós, eu não viria. Tenho que pensar positivamente de que tudo vai dar certo.

Enfim, deixo o cansaço me vencer e adormeço.

"... Maria posso dormir aqui com você?"

"... Claro, meu amor, o que houve?"

"... Papai e mamãe chegaram bêbados, estão na sala gritando e quebrando as coisas. Eu tenho medo deles quando chegam assim."

"Aí estão as duas vadiazinhas. Se escondendo? Agora que mandei a vadia da mãe de vocês para o quarto, quero aproveitar que as duas estão juntinhas."

"Não toque nela, seu imundo, ela é sua filha. Eu posso não ser, mas ela é..."

"Por hoje, vou deixar pra lá. Mas eu volto pra pegar você..."

— Nãooooooooooooo!

Sento-me na cama com as mãos na garganta tentando engolir meu grito. Outro inferno de pesadelo, de lembranças que só queria esquecer. Bruna dorme tranquilamente ao meu lado, ainda bem. Controlo minha respiração ofegante, espero meu coração desacelerar, levanto-me e vou até a cozinha para tomar água. Tento não fazer nenhum barulho. Será que gritei durante o pesadelo? Será que Leonardo ouviu?

— Olívia, o que houve? Está tudo bem?

— Ahhhhhhhhhhhh! Que susto! — A voz grossa de Leonardo me assusta quando estou abrindo a geladeira para pegar água. Deixo o copo cair no chão se espatifando e morro de vergonha. — Meu Deus! Leonardo, você me assustou. Derrubei o copo, desculpe-me por isso, eu vou limpar, desculpe. — Fico repetindo as palavras de desculpa enquanto abaixo para recolher os cacos de vidro.

— Eu que peço desculpa por assustá-la, te ajudo a limpar.

Recusaria a ajuda, só que ele já está ao meu lado, pegando os cacos. Seu perfume tão másculo me causa sensações estranhas no estômago e tenho uma vontade imensa de cheirar seu pescoço. Levantamo-nos ao mesmo tempo e nossos corpos se esbarraram, o que me causa uma grande corrente elétrica.

Posso ter imaginado coisas, mas Leonardo suspirou pesado enquanto passava os olhos por mim. Devo estar ficando doida. O que eu sei sobre desejo? E sobre perfume masculino? Isso tudo é a luxúria querendo me corromper. Preciso rezar. Aliás, enquanto estiver perto desse homem, preciso andar com o terço nas mãos.

Limpamos tudo e bebo a bendita água. Inevitavelmente, lembro-me de quando eu passava noites morrendo de sede, engolindo saliva para tentar distrair, pois o medo de ir na cozinha pegar água e encontrar aquele homem e correr o risco de ser tocada era muito grande. Agradeço a Leonardo e peço licença para voltar ao quarto. Até então ele esteve calado, para o meu alívio, mas assim que me viro para sair, ele faz as perguntas que tanto eu temia:

— O que houve? Não conseguiu dormir? Teve um pesadelo? Está estranhando o lugar? Posso ajudá-la de alguma maneira?

— Você é muito gentil, acho que só estou estranhando mesmo — minto, afinal ninguém pode me ajudar, são pesadelos que tenho com frequência, só não quero falar ainda. — Boa noite e desculpe pelo copo.

— Nem vou responder você por dizer uma bobagem dessas, é só um copo. Boa noite, Olívia, qualquer coisa, pode me chamar.

Ah, Leonardo, para você pode ser só um copo, por muito menos já levei surras horríveis, faz tempo, eu sei, mas as marcas de dor e maldade que sofri não se apagam, foram cunhadas no meu coração.

Entro no meu quarto com a respiração acelerada e deito-me para tentar dormir e substituir o pesadelo pelo único sonho que me faz flutuar, os olhos do médico que fez meu parto, um ser tão distante de minha realidade e que agora está à porta ao lado.

Capítulo Dezesseis

LEONARDO

Acordo bem cedo após uma noite mal dormida, com uma sensação prazerosa e ao mesmo tempo incômoda de ter ao lado do meu quarto minha filha recém-descoberta e essa menina que meus olhos teimam em enxergar como uma mulher. Estar cara a cara com Olívia naquela hora da noite não ajudou muito na minha insônia já rotineira. Esta menina-mulher habitando meus pensamentos confusos e sem clareza.

Para minha surpresa, apesar do horário, Olívia já está pronta em minha cozinha e eu admiro a mesa posta com o café da manhã.

— Olha só que mesa linda! Quem preparou esse café maravilhoso?

— Leonardo, espero que não fique zangado por eu ter mexido nas suas coisas, mas é que ontem...

— Olívia, eu vou falar pela última vez: sinta-se em casa, será cansativo toda vez ter que lembrá-la que tem total liberdade aqui. E zangado? Ser recepcionado com café, panquecas e uma mesa linda? Só posso ficar no mínimo agradecido. Sentem-se, vamos comer. Achei que acordariam tarde, pela mudança de horário, pelo calor.

— Amo cozinhar, principalmente doces, e acordamos tarde sim, pode acreditar. No convento, nesse horário, já rezamos uns três terços.

— Então será a minha perdição, pois sou viciado em doces. — Ela sorri. Eu tô é *ferrado*, doces da doce Olívia para acabar com minha sanidade. — Mas ainda são sete horas!

— Pois é, lá acordamos às cinco da manhã. Sem choro nem vela. A única que elas permitem que durma um pouco mais é a Bruna.

— Nossa, são muitas regras, não? Por que não deixou a Bruna dormir mais?

— Eu deixei, ela que pulou cedo e está eufórica para conhecer sua nova amiguinha. — Bruna surge na cozinha e seu sorriso contagia, transmitindo paz, é sem dúvidas um ser de luz.

— Bom dia, princesa. Você dormiu bem?

— Sim, dormi, tio Léo, e o senhor? Nós vamos agora conhecer sua filhinha que chama "igual eu"? — Olívia e eu sorrimos por sua pergunta inocente.

— Dormi bem, querida, e sim, nós vamos buscar a Bruna.

Enquanto Olívia organiza as coisas para sairmos, ligo para os meus pais. Eles e minhas irmãs estão a par de tudo desde o início, porém eu sei que nenhuma preparação será suficiente para aplacar o choque de ver a neta "verdadeira". Eu não sei como tudo irá desenrolar, mas eu já amo essa menininha e jamais permitirei que ela cresça sem pai ou sem condições, também jamais me afastarei da minha outra filha. É uma loucura, uma bagunça.

Durante o trajeto, noto as duas olhando tudo pela janela do carro, elas vibram com cada coisa diferente e me imagino levando-as para conhecer o mundo, as duas colocando os pés na areia, olhando o mar gigante. E não consigo excluir Olívia dessa equação. E será que deveria? Ela já é, enfim, parte de tudo.

Estaciono em frente à casa dos meus pais, desço Bruna da cadeirinha e abro a porta para Olívia descer quando toco em sua mão e sinto o quanto está gelada.

— Tenha calma, Olívia, dará tudo certo, meus pais são boas pessoas, ninguém irá julgá-la.

Sem tempo nem de raciocinar, a porta se abre e Bruna vem correndo em nossa direção.

— Papai, papai! — Rodopio minha princesa no ar e encho suas bochechas de beijos. Ela abraça meu pescoço com suas mãozinhas e, atenta, olha as duas "estranhas" paradas ao nosso lado.

— Filha, eu quero te apresentar duas amigas do papai, a Olívia e sua filha, que tem o mesmo nome que o seu, a Bruna.

Quando me viro, vejo Olívia paralisada.

Ela empalidece e sei que está em choque. Pego-a no colo antes que desmaie e corro para dentro de casa. As meninas entram atrás de mim, assustadas, meus pais correm em minha direção, peço que todos se afastem enquanto faço os procedimentos para que ela reaja. Aos poucos, Olívia volta a si, dou-lhe um copo d'água e tento confortá-la.

As coisas serão muito piores do que imaginei, cada vez complica mais. Olívia tem ataques de pânico. Putz!!!

— Não consigo, Leonardo, não posso. Eu estou apavorada. — Olívia me abraça como se eu fosse seu porto-seguro. Ela treme compulsivamente. Estou encrencado, sou mais responsável por essa menina do que realmente devia. E a cada instante, estou mais envolvido.

— Consegue, sim. Respire e inspire, entenda que está entre amigos, pessoas do bem, nada de ruim vai lhe acontecer. Eles estão apenas curiosos para conhecê-las. As nossas Brunas já estão brincando. Venha comigo. — Olívia anda atrás de mim tentando se esconder. Adentramos o jardim e minha família toda olha de nós para as meninas com absurdo espanto.

— Pessoal, quero apresentar a vocês a Olívia, mãe da Bruna. Ela teve uma queda de pressão há pouco, mas não foi nada demais — crio uma desculpa apenas para confortá-la.

Timidamente, Olívia se afasta de mim e cumprimenta um por um. Como imaginei que seria, minha família é educada e comedida diante dela. Chamo Bruna e quando mãe e filha se olham, o mundo para de girar por um segundo. É possível sentir a energia que emana apenas com esse mínimo contato. Olívia se abaixa e, emocionada, abraça a filha, tocando seus cabelos e seu rostinho. Minha menina me olha um pouco assustada com essa reação, todos em volta estão surpresos.

— Por que a senhora está chorando? Está dodói? Eu estou dodói também.

A inocência de Bruna me traz ao princípio de tudo isso. Ela está doente. É por isso que Olívia veio. Que grande desordem a minha vida se transformou! E como eu tenho conseguido manter a minha integridade, caráter, com tanto fardo sobre meus ombros?

— Querida, desculpe, eu apenas me emocionei ao ver uma menina linda como você. Eu não estou "dodói" e você vai sarar, sabia?

Vendo mãe e filha diante uma da outra, a semelhança chega a ser surreal. São idênticas. Tudo ao redor parece sumir e só há esse encontro à minha frente. Penso que se não tivesse acontecido essa troca, o que teria sido de Bruna, doente, naquele fim de mundo, sem condições financeiras, talvez eu tenha sido colocado na vida delas para ajudá-las.

Minhas irmãs como sempre são fantásticas, entretêm as meninas e conversam animadamente com Olívia que, aos poucos, parece relaxar. As garotas se deram bem de cara e se não houvesse tanta coisa ruim por trás disso, eu diria que essa cena é maravilhosa, todas as mulheres da minha vida juntas, quer dizer, menos Olívia, é claro.

— Meu filho, você não poderia ser mais transparente, se encantou por essa moça, não é? — Mamãe me flagra, olhando-as.

— Mãe, obrigado por terem recebido a gente tão bem, sem questionamentos. Não é encantamento, eu diria preocupação, essa moça é totalmente vulnerável. O que a senhora achou da sua neta?

— Linda, e é meio louco porque eu acabei de conhecer minha neta e já não quero ficar longe dela, aliás, delas, de nenhuma, é impossível. E óbvio que farei todos os questionamentos, preciso estar a par de tudo, mas no momento oportuno, filho. Agora, um conselho, preserve seu coração, há muitos problemas em jogo.

— Eu sei, e vou me cuidar, sim. Nunca precisei tanto do apoio de vocês, obrigado.

— Não agradeça. Nós somos família, jamais o deixaríamos

sozinho. Vamos nos juntar a elas, hoje é um dia de confraternização, de conhecimento. Deixaremos os problemas para amanhã.

Abraço minha mãe, sentindo-me bem mais forte.

Capítulo Dezessete

OLÍVIA

A semana passou voando, parece que foi ontem que cheguei aqui, amedrontada. Bem, o medo ainda me sucumbe, mas já estou um pouco mais confiante. A família do Leonardo é extraordinária, eles são lindos e parecidos, todos altos, pele clara, cabelos lisos e negros, a minha filha biológica se parece mais com eles do que a própria filha biológica de Léo.

Minha impressão é que os conheço há anos, são bondosos e generosos. Ninguém me criticou ou me condenou, muito pelo contrário, foram cordiais, me escutaram sem emitir nenhum julgamento e isso me faz sentir pior ainda. Leonardo já disse que é tolice minha remoer a culpa, que não há como mudar o passado e que tudo ficará bem, mas eu não consigo me absolver.

Ele é bom demais para meu juízo. Será que existe gente boa assim mesmo? Ele teria todo o direito de me odiar, de me afastar, e simplesmente faz ao contrário.

O primeiro dia dormindo na mesma casa com minhas duas filhas foi surreal. Fiquei na porta do quarto olhando-as com imenso amor. Elas tiveram empatia imediata e quiseram dormir juntas. Leonardo colocou outra cama no quarto de Bruna e as duas tornaram-se, desde então, inseparáveis.

Os primeiros dias não foram fáceis, afinal, sempre dormi com minha pequena. Revirei na cama sentindo sua falta, sentindo medo e tudo misturado. Sei que Leonardo jamais faria qualquer coisa ruim com ela, só que é uma droga essa marca que tenho dentro de mim, que me estremece a cada virar de fechadura.

Em uma destas noites insones, escutei Léo cantando e não resisti. Com passadas lentas, fui sendo conduzida por sua voz melodiosa e rouca. Meu coração batendo acelerado, pela mistura do que sua voz causava em mim e pelo medo de ser pega em flagrante.

Nada me preparou para aquela cena fantástica. A porta do quarto das meninas permanecia entreaberta e eu espiei de cantinho. As duas estavam deitadas, olhando vidradas para o pai e ele sentado na beirada da cama cantando para elas:

"Foi Deus que fez vocês, foi Deus que fez o céu..."

E ele cantou, cantou até que elas adormeceram e eu, com o tolo coração descompassado, me encantei mil vezes mais. A imagem de um pai, sendo-o no amor que lhe cabe, sucumbiu num amor que nasceu em mim naquele momento. Impossível não recordar daquele que eu só possuía o DNA, mais nada, nenhuma lembrança, nenhuma foto, um rosto, um nome, nada, dele apenas o abandono, e do meu padrasto, o pavor. Que benção minhas filhas terem um pai na presença, no amor, cada ação uma criação de memórias na cabecinha e no coração delas.

Elas passam todos os momentos juntas, numa afinidade incrível. Durante o dia, ficamos as três sozinhas. Elas preenchem em mim tudo o que um dia me fez falta, presença, cuidados e afeto. Precisamos regularizar as pendências da minha Bruna para ingressar na escola, em especial a documentação para que ela realize uma avaliação para provar que é alfabetizada e apta a frequentá-la. Felizmente ela tem muita noção de todas as matérias, as irmãs eram todas graduadas e minha filha não sofre nenhuma alienação. Mas aguardaremos o retorno da Bruninha, por hora afastada pela doença.

Faço almoços e jantas. Embora Leonardo insista para que deixe com a funcionária, eu não aceito. Não posso ficar ociosa o dia inteiro. Ela já limpa e cuida das roupas, então é o mínimo. Dona Joana é uma senhora maravilhosa e dedicada, nós duas conversamos bastante, ela trabalha com Leonardo desde que Bruna nasceu e o idolatra, uma mãezona para todos, inclusive para mim, que sou tão carente e fui acolhida com seu sorriso amoroso e seus afagos carinhosos.

Reservo uma horinha para estudos com as garotas, onde aprendo com elas também. Depois brincamos, lemos, rezamos. A sensação é de que essa foi minha vida por todo o sempre. Leonardo almoça e janta conosco todos os dias. Sei que se esforça para estar presente, com todo o trabalho que tem.

Leonardo deu um celular para mim e um para Bruna, contrariando todas as minhas recusas e me persuadindo, dizendo que não era um luxo e sim uma necessidade. Sua tacada final foi dizer que isso o deixaria mais tranquilo, então aceitei. Ele anotou todos os contatos da sua família, o seu e do hospital, nos ensinou a usar, e a Bruninha (sim, passei a chamar a Bruna do Léo assim para diferenciar as duas, já que ela é pequena como eu) ensina a Bruna todos os *macetes* do tal aparelho. Para mim, basta saber ligar e responder as mensagens.

Parece que dormi há uma semana e acordei em outro mundo. Às

vezes brinco de faz-de-conta com meus pensamentos e finjo que essa é minha família.

Essa calmaria passará. Amanhã vamos conhecer os avós maternos de Bruna, daremos início à regularização dos documentos na escola e continuidade no tratamento de Bruninha. Enfrentaremos grandes problemas e situações difíceis. Léo é otimista e diz que cada coisa tem seu tempo, que iremos resolver uma a uma e que, juntos, somos mais fortes para encontrar a solução para cada uma delas.

Ele me inclui como se eu fosse importante e me dá suporte, carinho e atenção. Sei que é egoísmo, mas às vezes queria congelar o tempo, porque não sei o que será de mim quando tudo for resolvido. Tento não pensar no depois, só que é difícil pra burro imaginar-me longe de uma das meninas, longe do Léo, dessa vida que eu queria tanto que fosse minha. Mas caio na real, não é e nunca será.

Jantamos num momento "família feliz" mais uma vez. As meninas tiram a mesa e vão para o quarto brincar enquanto eu lavo a louça e Leonardo a seca. Ele me conta sobre seu dia no hospital, pergunta sobre mim e as meninas. Admiro sua beleza, bondade, e eu que nunca senti nada por ninguém e jamais imaginei ser capaz de desejar um homem, sinto todas as coisas possíveis e impossíveis por Leonardo. Pergunto--me se é gratidão, admiração, um pouco de paternidade, proteção, e sei lá acho que é tudo isso. Não sei nada sobre romances e mesmo tão recente, no fundo do meu coração, gosto dele.

Gravo sua imagem em minhas memórias para que um dia tenha ao menos as lembranças dele e desses dias felizes.

Quando as meninas dormem, Leonardo vem falar comigo sobre a visita de amanhã e sobre os possíveis problemas que iremos enfrentar na tentativa de me acalmar, mas o efeito é contrário; tenho uma noite de insônia atormentada pelo medo.

Capítulo Dezoito

LEONARDO

Estamos a caminho da casa dos avós de Bruna. As duas meninas brincam no banco de trás do carro, alheias a tudo que fomenta à volta delas. Toda a situação, problemas, enfim. Sei que este encontro não será nada fácil e temo por Olívia. Eles não serão imparciais, tampouco pacientes. Conversei com ela e adverti sobre o que pode vir a acontecer. Queria poupá-la do sofrimento, mas não tenho esse poder, contudo, estarei ao seu lado.

É meio estranho e até minhas irmãs já questionaram o fato de eu não ter raiva e não querer lutar contra Olívia judicialmente, apenas não dá e não quero. Tudo bem, não sou um palerma passível, não é isso, sei que ela errou, sei da gravidade e das consequências, só que não consigo condená-la. Ela é uma menina assustada, sofrida, e não consigo imaginá-la sozinha. Sei que estou gostando dela, e isso é muito ruim. Ou não, depende do ponto de vista.

Meus ex-sogros sabem de tudo, contei o que aconteceu por telefone, mas chegou a hora de encará-los de frente. Somos recebidos pela funcionária e encaminhados para a biblioteca, e por mais que eu estivesse psicologicamente preparado, não sou capaz de conter as emoções quando Dona Carolina e o senhor Roberto olham para a criança que entra correndo em sua sala. Ela abraça o marido e chora descontroladamente. Olívia se agarra à minha blusa buscando equilíbrio e as duas crianças inocentes olham da avó para o avô sem entender nada.

— Por que a vovó está chorando, papai?

— Porque ela estava com saudades de você, meu amor. — Invento essa desculpa para minha filha, mas minha ex-sogra não tem nenhuma consideração pela menina, dirige-se diretamente para a neta "recém--descoberta", ajoelha-se na sua frente e a abraça com desespero. Ela fica repetindo: "Você é igualzinha a Marcela, igualzinha".

Tenho as duas meninas me olhando chocadas e afasto Dona Carolina de Bruna. Ficamos sem palavras enquanto a mulher anda desordenadamente com as mãos no cabelo. Sinto por seu desespero, mas minhas filhas ainda não sabem da verdade e preciso poupá-las. Finalmente o senhor Roberto chama as meninas para um sorvete na cozinha, tirando-as dessa situação e nos deixando sozinhos.

Sem que eu tenha tempo de pensar, Dona Carolina avança sobre Olívia e lhe dá uma bofetada no rosto, que vira com tamanha brutalidade.

— Sua assassina, sua ladra, você me paga, sua bandida, vou acabar com você como acabou com Marcela! Não bastou matar a minha filha? Quis a minha neta também?

Descontroladamente, Dona Carolina grita e só não investe mais em Olívia porque eu a detenho. Meu coração se despedaça ao ver Olívia abraçar o próprio tórax e chorar.

— Basta, Carolina! Não permito atitudes de agressão, estamos numa situação difícil para todos e ninguém tem culpa.

— Ninguém tem culpa? Faça-me rir, Leonardo, eu que te achava um sonso. A única pessoa inocente nessa história está morta. O que vocês fizeram? São cúmplices? Amantes? Acham que sairão impunes? Que ficarão com as duas meninas como uma linda família feliz? Até o nome que minha filha escolheu essa mulher roubou... ou foi coincidência também? Você não me engana com essa cara de boba. E fiquem sabendo que eu vou até o inferno, mas aquela menina é minha. Meu Deus, ela é igualzinha a Marcela, tão linda, eu vou conseguir a guarda da minha neta e você, sua ladra, vai apodrecer na cadeia.

Entendo a ira de Dona Carolina, porém seu descontrole é cheio de um ódio aterrorizante.

— A senhora está se excedendo e se precipitando, as coisas não são assim, ninguém tem culpa pela morte de Marcela, foi uma fatalidade e a troca das crianças foi um erro, um grande erro, reconheço, mas não foi um crime e pelo amor de Deus, eu não conhecia Olívia, ela também não nos conhecia. E a senhora está sofrendo? Nós também estamos! E se vai até o inferno, eu vou até o céu, mas não vou permitir que nada que não seja pelo bem das meninas seja feito, doe a quem doer. Somos adultos, e elas, crianças. Elas são a minha prioridade, Dona Carolina, e entenda que sua neta não irá substituir a Marcela.

— Cale a boca, Leonardo! Não quero ouvir sua voz, seu assassino! Você deixou Marcela sozinha naquele dia para fazer o parto de alguém, agora está claro, foi dessa *umazinha* aí. Pensam que me enganam com essa historinha? Nunca! Vou me vingar por minha filha, nem que para isso tenha que matar vocês, como a mataram. Agora saia da minha casa com essa mulher antes que eu perca a cabeça. Saiam! Nós nos vemos no tribunal, eu agora começo a minha luta pela guarda da minha neta. Ouviu, sua ladra? Seus dias com minha neta estão se esgotando.

— Pois só me matando mesmo você será capaz de tirar a minha filha de mim. Eu errei, eu sei, e peço perdão por tudo, mas só Deus pode me julgar e pela minha filha, faço o que for preciso — Olívia finalmente diz.

Admiro e me surpreendo com o ímpeto dela em responder, pois é sempre retraída e calada. Olho em seu lindo rosto a marca da mão de Carolina e fico arrasado.

Nós estamos de saída da biblioteca quando a voz cortante de Carolina nos paralisa:

— Ela é minha neta, é igualzinha à Marcela quando pequena, tão linda. Essa mulher me privou de sete anos de convivência com ela, involuntária ou propositalmente, tirou a vida da minha filha e depois roubou a minha neta. E eu terei Bruna de volta, Leonardo, saiba que eu terei. E quanto a você, ladrazinha, perecerá na cadeia.

Olho para Olívia e suplico com os olhos para que ela não retruque. Pegamos as meninas, agradeço o senhor Roberto, que me diz que cuidará da esposa da melhor maneira e tudo ficará bem. Ele sempre foi amável, e desde a morte de Marcela, remedia as ações da esposa contra mim, por isso gosto dele.

Saímos atordoados, as garotas nos questionam sobre o que aconteceu e eu invento uma desculpa qualquer. Agora não podemos adiar de contar a verdade para elas. Seguimos diretamente para a casa de meus pais para, além de dispersar as meninas, termos apoio emocional e nos cercarmos das instruções dos bons profissionais que eles são. Sinceramente não gostaria de envolver terceiros nessa história, muito menos advogados, policiais, poderíamos resolver pacificamente e ter um convívio harmonioso entre todos, mas Dona Carolina não quer assim, então lutarei ao lado de Olívia pelo bem exclusivo das meninas.

Capítulo Dezenove

OLÍVIA

Que víbora essa mulher. Entendo sua dor, realmente entendo, sua ira, até sua agressão, embora não aprove; sempre achei a violência um recurso errado. Mas querer tirar a minha filha de mim? Isso eu jamais vou permitir, não poderia suportar. Reconheço meu erro, tudo o que está acontecendo, mas nada pode tirar o amor do meu peito e se preciso for, fujo com ela daqui antes que seja tarde.

Estou apavorada, não sou nada perto dessa mulher, sou um cisquinho, e se Leonardo não me ajudar mais, estarei perdida! Não posso lidar com eles, meu peso é menor, bem menor.

— Sinto muito, Olívia, sinto de verdade.

Até me esqueço que estou no carro com Leonardo de tão absorta em meus pensamentos, apenas confirmo com a cabeça e olho na direção das meninas no banco de trás para que ele encerre o assunto. Precisamos poupá-las porque vem *chumbo grosso* por aí, como diz a irmã Cícera.

O restante do trajeto é tranquilo e silencioso. Vamos até a casa dos pais de Leonardo e Dona Lúcia e senhor Lauro já nos aguardavam. Sempre acho muito curioso todos terem a mesma inicial. Esperamos as crianças irem para o jardim e contamos tudo o que aconteceu.

— Eles podem tirá-la de Olívia?

— Talvez possam, embora não seja só isso que pesa, há os laços afetivos, a criação, não é um simples processo de guarda, precisamos focar na questão do erro, provar que não houve crime, depois ficará mais fácil, além do que você é o pai biológico da criança.

Meu coração retumba alto e levanto nervosa, andando em círculos, sem nem pensar, falo o que me vem à cabeça:

— Eu vou embora, vou sumir, não posso perder minha filha. Vocês me enganaram, vão me tirar tudo. — Levanto atordoada querendo correr, mas as mãos de Leonardo me seguram, e deito minha cabeça em seu peito, chorando sem pudor.

— Olívia, fugir não é a saída, será só mais um problema, eu realmente entendo seu medo, mas essa acusação foi ridícula, não esqueça que estamos na mesma situação, isso foi ofensivo — Leonardo diz olhando em meus olhos com autoridade num tom de voz elevada, o que me faz cair em mim e na minha atitude infantil.

— Desculpe, só me desculpe, tá legal? Não posso fazer nada, terei que assistir a tudo calada e de braços cruzados, não tenho família, na verdade nem onde cair morta. Não passo de uma pobre coitada, não é mesmo? — Desabo em lágrimas no sofá e volto à realidade com as palavras duras, mas verdadeiras de Leonardo.

— Olívia, PARE DE SE FAZER DE VÍTIMA, você não é nenhuma coitada, é uma mulher inteligente, que cometeu um erro e terá consequências para corrigi-los, não está sozinha, você tem uma família inteira ao seu lado. Agora preste atenção, Bruna está com leucemia, parece que de repente todo mundo se esqueceu. A porra que a Dona Carolina não se importe, que o mundo não se importe, mas você é mãe dela, mais do que da outra Bruna.

Suas palavras são mais doídas que o tapa que levei há pouco. Me sinto uma egoísta e reconheço na minha frente o homem maravilhoso que só pensa no bem das meninas enquanto eu fico pensando no que tenho que fazer ou não.

— Você tem razão, Leonardo, desculpe meu chilique. Eu confio em vocês. Meu Deus, é tanta coisa para resolver, são tantos problemas, às vezes penso que se eu tivesse morrido ao invés de sua esposa, hoje nada disso estaria acontecendo. Culpo-me tanto, tanto.

— Não fale uma bobagem dessa, menina. Talvez fosse preciso que tudo acontecesse para que a Bruna fosse salva, não podemos esquecer que tudo começou por esse motivo e se não fosse ele, talvez nunca descobriríamos.

Dona Lúcia intervém:

— Resolveremos uma coisa de cada vez. Deixe que o escritório de advocacia permeie as questões judiciais e prove que tudo não passou de uma fatalidade, de uma falha sem intenção. Devemos cuidar do registro da sua Bruna, e essa é uma causa que você não terá chance, Olívia, ela terá a paternidade reconhecida pelos pais biológicos, provavelmente não constará o seu nome, pois não se trata de uma adoção, porém provando-se que não houve um "roubo", posso tentar, alegando a afetividade. Futuramente revigoraremos a certidão da nossa Bruna e trocaremos o nome de Marcela pelo seu, e ainda se for legal e de seu consentimento, deixaremos que permaneça o nome de Leonardo na filiação paterna.

Assinto com a cabeça, concordando com a Dona Lúcia, que fala tudo calmamente. Dói saber que não sou nada da minha filha, nem no sangue, nem no papel, apenas no coração. Tomara que isso seja suficiente, pois amo tanto a minha pequena loirinha...

Jantamos na casa dos pais de Leonardo e não tocamos mais nesse assunto fatigante. Combinamos que eles deliberariam as questões judiciais e burocráticas. A mim e ao Léo, restou o papel de pais, contar a verdade às meninas e protegê-las, e claro, dar prioridade ao tratamento de Bruna. Se eu um dia imaginei ser protagonista de uma novela, não poderia ser mais dramática possível.

Escolhemos a hora de colocá-las para dormir para contar a elas. Deixo Leonardo incumbido desta função. Estou ao seu lado, me tremendo toda e segurando as lágrimas e a ansiedade, o medo da rejeição delas está me matando.

— Bem, meninas, quero que se sentem e prestem bastante atenção ao que eu vou falar, é meio complicado, mas sei que são bastante inteligentes e entenderão.

Léo fala com tranquilidade, como se fosse convidá-las para ir ao cinema, enquanto isso meu coração está quase saindo do peito. As garotas olham uma para outra, nos olham e antes que Léo conclua, as duas praticamente berram:

— Vocês vão se casar? Huhuhu, vencemos. — As duas começam a pular na cama e dançar, batem as mãozinhas e eu fico ainda mais atordoada.

— Meninas, parem, não é nada disso. Não sei por que imaginaram uma coisa dessas.

— Ah, papai, você chegou com sua amiga e a filha dela, elas moram aqui, a gente achou que enfim eu teria uma mamãe e a Bruna, um papai. — O semblante delas fica triste e eu tenho uma esperança de que de repente a notícia não seja tão ruim.

— Vocês acertaram uma parte, bem, prestem atenção.

E assim, Léo conta a elas de uma maneira delicada tudo o que aconteceu desde o nascimento delas, sempre me poupando e protegendo. Não tem como não admirá-lo cada vez mais. E amá-lo, também.

— Jura? Nós duas podemos chamar vocês de papai e mamãe? Nós somos irmãs? A gente nasceu no mesmo dia? Vamos fazer a nossa festa de princesa juntinhas?

A cena é linda, as meninas pulam na cama, se abraçam, nos abraçam e a minha Bruna chama Léo de papai e a Bruna dele me chama de mamãe.

Nunca uma palavra fez tanto sentido para mim.

No fim, estamos os quatro chorando e nos abraçando. Quando explicamos para a Bruna sobre Marcela e sua avó Carolina, não esperávamos e nem estávamos preparados para a pergunta da minha filha verdadeira:

— E meu papai, quem é?

Léo olha para mim e percebe meu choque. Ele assume a questão e rapidamente diz que ele morreu também, inventou um nome e mudou de assunto, dispersando a conversa. E acho que por ele ser o "pai" dela, Bruninha não se importou muito e nem fez questão de saber mais nada, para meu alívio.

Não posso mais adiar. Preciso contar a Leonardo quem é o pai da minha filha.

— Agora entendo porque eu não parecia com a minha mamãe, eu pareço com você, né? — Afirmo com a cabeça, não contendo o choro. — Olha só, e você parece a minha mamãe, Bruna.

— Minha mamãe é a Olívia — Bruna fala e fecha a cara.

— E meu papai é o Leonardo. — Bruninha agarra o pescoço do pai.

— Meninas, vocês são sortudas por serem filhas de duas mulheres maravilhosas, e também de dois papais, mas entendam que agora vocês têm a Olívia, que é a mãe, e têm a mi,m que sou o pai de vocês duas. Não quero cenas de ciúmes, nem questionamento de quem é a filha biológica de quem, amamos as duas igualmente e são nossas. Entendido?

Elas concordam com a cabecinha. Léo, mais uma vez, resolveu tudo.

— Então vocês vão mesmo se casar? — Elas trocam aquele olhar travesso de cúmplices.

— Não, não vamos, mas estaremos o mais próximo possível um do outro para que vocês duas cresçam juntas e sempre tenham a mamãe e o papai por perto. Combinado?

— Siiiiiiiiiiiiiiiiim.

O grito animado delas acaba dando um pouco de ânimo para nós.

Não há mais nenhum questionamento, elas não se interessam em saber mais nada além de ter-nos como pais, isso lhes basta e é um refrigério para o meu coração. Crianças são simples, agem com o coração e essa pureza deixa tudo mais bonito. Não à toa que Jesus nos deixou as crianças que têm o coração puro como exemplo a seguirmos para alcançarmos a salvação.

Primeira etapa vencida com êxito. Elas importam mais do que todo o resto.

Capítulo Vinte

LEONARDO

Já faz mais de uma semana que contamos para as meninas sobre a fatídica história delas, o que surpreendentemente aproximou-as ainda mais. São unidas, possuem a mesma personalidade e uma empatia incrível. A única preocupação delas é encontrarem um tema em comum para comemorarem o aniversário de oito anos, que será apenas no ano que vem. E isso é bom, a doença e os problemas são diminutos diante dessa inocência.

Mais aliviados, eu e Olívia estamos mantendo uma convivência pacífica. A impressão que tenho é de que somos amigos há anos, ela é uma pessoa bondosa e generosa, cuida com afinco das meninas sem fazer diferença. Olívia é calada e parece estar sempre assustada, por outro lado é amorosa e zelosa conosco.

Eu não fazia ideia do quanto uma presença feminina mudaria as coisas por aqui e para melhor. Todas as noites ela reza com as meninas, depois deita no sofá e lê algum livro da minha estante, isso depois de muita insistência minha, para que ela tivesse acesso livre aos meus livros. Tornou-se corriqueiro vê-la à vontade na minha casa e estou lutando contra mim para anular os sentimentos de pensar como se fôssemos uma família, além do desejo que sinto por ela.

Mesmo com pouco tempo de convivência, já nem me recordo como era antes e nem consigo me imaginar sem elas. Eu sei que sou um homem de trinta e sete anos e que Olívia é apenas uma menina de vinte e três anos, assustada e despreparada. Sou consciente da confusão que temos para resolver e um relacionamento seria mais um problema diante das circunstâncias. Também estou sozinho há sete anos, nem sei se cabe alguém na minha vida, estou à beira de enlouquecer, isso sim. Porque todas as vezes que a encontro cantando baixinho enquanto cozinha ou quando baixa o olhar com timidez, meu coração quase explode no peito.

O escritório de mamãe nos mantém informados sobre o decorrer do processo e estamos cientes que Dona Carolina não vai aliviar em nada e não medirá esforços para punir Olívia. Como não há o que fazer, deixamos que eles sejam nossas porta-vozes em relação ao caso e decidam da melhor maneira, principalmente para as crianças. Evitamos falar e pensar no assunto.

Despenderemos nossas energias para cuidar de Bruninha. O tempo passou veloz e minha garotinha está fragilizada. Ainda bem que os efeitos colaterais das quimioterapias são apenas tonturas e vômitos, que felizmente são fracos e curtos, e a presença da "irmã" a faz esquecer um pouco das dores.

Finalmente os resultados dos exames chegam, o que nos traz um pouco de alegria em meio à tanta angústia. Como já imaginava, ninguém da minha família é compatível, porém fizeram o registro no banco de dados do hospital para serem possíveis doadores, caso sejam compatíveis com algum caso futuro. Minha família é extraordinária, mesmo em um momento de apreensão, fazem o bem. Felizmente Olívia será a doadora, o que é raro, pois os pais geralmente não são compatíveis por questões de hereditariedade. Uma feliz exceção.

Realizamos todos os procedimentos necessários e marcamos a cirurgia com urgência. Quanto antes curarmos nossa pequena, melhor.

Capítulo Vinte e Um

OLÍVIA

Nessas idas e vindas do hospital para realizarmos os meus exames e os de Bruna, conheci a doutora Luciana, pediatra dela. A mulher é linda, inteligente e é óbvio que é apaixonada por Leonardo. Ele finge que não percebe ou disfarça muito bem, mas ela se oferece a todo o momento para ele. Sinto um ciúme irracional, fico na minha, primeiro que não tenho nada com Leonardo e segundo que jamais teria chances contra essa mulher. Ela não gostou de mim e nesse quesito estamos quites, a recíproca é verdadeira. Olha-me com desdém e prepotência, se dirige a mim áspera e monossilábica como se eu fosse burra, agora quando fala com Léo, é doce e faladeira.

Até sua voz me irrita e toda hora ela encontra um assunto para falar com o Leonardo.

— OL. Tudo bem, querida?

A Letícia chega e senta ao meu lado enquanto vejo o Léo e a doutora conversando. *Lê* foi à maneira que ela encontrou para eu chamá-la e *OL*, a que ela me apelidou. De todas as minhas confusões, a amizade de Laís e de Letícia foram um presente imenso. Laís é mais fechada e Letícia parece ler meus pensamentos como o irmão dela. É atenciosa e bondosa. Às vezes me pergunto se ela é realmente real.

— Não liga não, Luciana é uma oferecida desde sempre, mas o Léo nunca deu bola pra ela.

— Oi? — O que Letícia fala me surpreende, finjo que não entendi nada.

— OL, não disfarça, está na cara que você está morrendo de ciúmes dela com Léo. Ela é muito oferecida mesmo, mas meu irmão só tem olhos para você, fica tranquila.

— Imagina, Lê, não estou com ciúmes de ninguém, eu e Leonardo somos apenas amigos.

— Vou fingir que acredito nesse monte de asneira, só que o seu olhar e o de Léo dizem aos quatro cantos, *"nos amamos, nos amamos"*.

Letícia diz gesticulando e fazendo caretas. Não tem como não rir, caímos na gargalhada descontrolada, e o pior, chamamos a atenção de Leonardo.

— Ei! Qual a graça de vocês duas, hein?

— Piadinha interna feminina, Léo, deixa de ser curioso. Maninho, agora me diz, tem necessidade dessa doutora estar aqui todos os dias? Ela não é a médica do caso, não é da família, ela está sendo inconveniente.

— Sei, piadinha feminina, né? Lê, deixa de pegar no pé da Luciana. Ela só quer ser presente e como atende neste hospital, veio disponibilizar ajuda, não sei por que essa sua implicância com ela.

— Ah, é? Não sou eu apenas não, viu? Olívia também não foi com a cara dela.

Nossa, que vontade de tapar a boca de Letícia! Não sei onde me esconder quando Léo olha pra mim, erguendo sua sobrancelha questionadora.

— Por quê, Olívia? Ela te fez alguma coisa?

E antes que eu tenha tempo de responder, Letícia já abre a boca grande dela de novo:

— Ciúmes, irmãozinho, OL está com ciúmes, aliás, quem não ficaria? Luciana fica se oferecendo para você... Faça o favor de dar um basta nisso.

Léo olha de um jeito estranho, como se fosse bom eu ter ciúmes dele, e eu fico sem reação quando ele me questiona se é verdade. Não tem nada a ver eu ao menos cogitar ter ciúmes dele, é fora de propósito.

Antes que eu invente uma desculpa e saia correndo, o médico nos chama e sou salva a tempo.

À noite, após o jantar, as meninas deitam para ler um livro e lavo a louça enquanto Leonardo a seca. Estamos em um silêncio incômodo e sou surpreendida quando Léo faz uma pergunta repentina e totalmente fora de contexto:

— Olívia, é verdade que sentiu ciúmes da Luciana comigo?

Fico um tempão de cabeça baixa lavando a louça, fingindo que não ouvi a pergunta, mas Léo pergunta de novo. Sem escapatória, respondo que sim, meio fraco.

Léo desliga a torneira, se aproxima e ergue meu rosto na sua direção. Encaro com uma ânsia de tocá-lo e aguardo sua reação. Será que vai brigar comigo por eu ter ciúmes dele? Ou dizer que não é nada meu e não tenho esse direito? Que medo de ouvir.

Para minha surpresa, quase me beija, quase. Meu coração acelera, fecho os olhos, sinto sua respiração próxima demais. Ele acaricia meus cabelos. De repente se afasta atordoado e eu disfarço, voltando-me para as louças, morrendo de vergonha da minha precipitação. Que tola fui, imagina, ele deve estar confuso, ou foi um ímpeto, sem pensar direito.

— Eu gosto de saber que você tem ciúmes, isso é um sinal de que sente algo por mim, mas saiba que não precisa sentir nada porque eu gosto de você, Olívia, então não importa quem goste de mim.

Ele despeja isso sobre mim, deixando-me sozinha. Perco as forças das pernas e sento-me na cadeira, ainda aturdida com a situação. Ele quase me beijou, disse que gosta de mim. Será um sonho? Verdade? Sinto que sim. Durmo nas nuvens, fantasiando um romance de contos de fadas com Léo.

Cada dia é mais difícil conviver com ele. Uma loucura de sensações. Eu amo esse homem, amo tanto, mesmo sem nunca ter amado, mesmo ignorante aos assuntos que dizem respeito a relações afetivas, mesmo assim eu sei que é amor. Mas, como posso imaginar me relacionar com Leonardo? Sou inexperiente, só um monte de problemas. Uma menina machucada, violentada e que ainda agregou ao seu drama pessoal o erro imperdoável que me trouxe aqui.

Capítulo Vinte e Dois

LEONARDO

Desde a morte de Marcela, sofro com crises de insônia. A culpa nunca deixou meu coração, é meio doido tentar explicar o que sinto. Então as noites em que Olívia tem pesadelo, eu ouço seus gritos abafados, seus passos pela casa, mas após o incidente do copo d'água, onde eu a assustei, nunca mais levantei, porque sei que é muito ruim a vulnerabilidade e alguém curioso.

Mas hoje seu grito foi alto e seguido dele veio um choro contido. Passo pelo quarto das meninas e é um alívio ver que estão dormindo e não ouviram nada. Encosto a porta do quarto delas e, sem resistir e agindo impulsivamente, entro no quarto de Olívia. Ela está em posição fetal, encolhida e chorando baixinho, a cena é de cortar o coração. Sento-me ao seu lado e tocando seus cabelos com suavidade, tenho sua atenção. Ela se encolhe ainda mais, então puxo-a para perto de mim e ela aceita deitar sua cabeça em meu peito. Meu coração explode.

— Olívia, eu quero ajudá-la, quero fazer algo para arrancar a dor que vejo em seus olhos, farei qualquer coisa. Só preciso que você confie em mim, que fale comigo. O que desencadeia esses pesadelos? — Fico constrangido por adentrar em sua história ainda, por não termos tanta intimidade, mas é mais forte do que meu bom senso, a minha vontade de protegê-la.

— Você sabe o que aconteceu comigo, Leonardo, você não é bobo.

— Sei por dedução, por palavras soltas e pura especulação, mas quero ouvir de você, quero que você grite, chore, despeje tudo. Esse será o primeiro passo para se libertar, é o primeiro passo para o processo da cura.

— Você faz parecer fácil, só que não é, e acredito que jamais serei livre. Leonardo, você espera que eu conte, quero falar sim, mas é como se um nó enforcasse as palavras em minha garganta, como se eu fosse merecedora desse sofrimento. Acho que não posso, não consigo.

— Pode, Olívia, olhe bem dentro dos meus olhos.

Viro seu rosto em minha direção e olho com bondade e não piedade, pois isso a enfraqueceria. Seus olhos refletem confiança em mim e de repente, em meio a lágrimas, soluços e tremor na voz, ela começa a falar. E eu fico quieto, apenas acariciando seus cabelos.

— Lembro-me do dia que mamãe chegou em casa com ele, dizendo que agora eu teria um pai e ela um marido. Eu tinha quatro anos, ele sorriu pra mim e eu naquele momento o temi, era um sorriso feio que escondia uma pessoa má. Ele e mamãe saíam e me deixavam sozinha, quase não tínhamos o que comer e na maioria das vezes, eles estavam bêbados. Eu fazia o que podia na minha pouca idade e procurava ficar em silêncio no meu quarto para não perturbá-los. Logo depois de dois anos, mamãe engravidou e desde que Maria de Lourdes nasceu, era eu quem cuidava dela. Apesar de ser apenas uma criança também, eu dava amor àquela menina, ela era a minha esperança de dias melhores.

— A minha vida era ruim, os anos passavam e eu era proibida de sair, de estudar, de brincar, só tinha deveres e se eu achava que não podia piorar, me enganei. Uma noite, a porta do meu quarto se abriu. Maria dormia quietinha, assustei quando vi meu padrasto se aproximando e ele sorriu. Ele se deitou ao meu lado e pensei que fosse me contar uma história para dormir, que enfim me viu como filha, e até sorri.

— Só que então ele começou a passar a mão pelo meu corpo, a dizer que eu era bonita, que por isso ele estava ali, por eu ser bonita. Começou a me beijar e embora eu tivesse apenas treze anos, eu sabia que aquilo era errado. Tentei me afastar, mas ele me apertou e tampou minha boca com suas mãos. Em seguida subiu em mim com brutalidade e eu só me lembro do outro dia em ver meu lençol sujo de sangue, minhas pernas doloridas e meu coração destroçado. Olhei-me no espelho e desejei ser feia, pois assim, nada daquilo teria acontecido.

Ela diz tudo em um sussurro. Toco suavemente os seus cabelos para que ela consiga prosseguir:

— Essa foi a primeira vez. E foram várias vezes, com ameaças, tapas, feridas no corpo com as mãos sujas daquele homem e feridas na alma com as palavras imundas que ele dizia. Até que eu parei de lutar. Esperava que ele fizesse o "serviço" e depois eu entrava no banheiro. A água caía sobre mim eu me batia, me punia, para tentar arrancar a culpa, a sujeira. O barulho da fechadura se abrindo era o pior som do mundo.

— Você não tem culpa, Olívia, nunca teve. Você é a vítima — digo para ela enquanto afago seus cabelos.

Capítulo Vinte e Três

OLÍVIA

"Você não tem culpa, Olívia, nunca teve. Você é a vítima."

Leonardo diz aquilo que eu sempre quis acreditar, o mesmo que padre Rudimar e a madre sempre me falaram, e pela primeira vez me sinto inocente de verdade. Continuo sussurrando, entretanto é como se estivesse tirando um bicho horrível de dentro de mim. Léo tem esse poder de acalmar.

— O tempo passou e uma vez resolvi enfrentá-lo, e mesmo com as ameaças dele, contei tudo para minha mãe. Imaginei que ela ficaria ao meu lado e juntas nós fugiríamos daquele lugar, daquele traste, porque ele também batia nela e nem sei o que mais lhe fazia de mal. Mas suas palavras e sua cara de desprezo para mim doeram mais que os toques sujos dele. Ela me acusou de assediá-lo, de ser sem-vergonha e me bateu com cinta até exaurir suas forças. Desejei tantas vezes fugir, mas eu não tinha para onde ir, e ainda havia minha irmãzinha Maria. Eu precisava protegê-la, cuidar dela.

— E o que houve com sua irmã, Olívia?

— Essa é a pior parte da história. Eu ainda tinha esperança de que ela não fosse sofrer o que sofri, afinal era a filha dele, triste engano. Eu fui à quitanda comprar umas coisas que ele havia mandado e voltei para pegar um chapéu, estava muito sol, quando ouvi o grito da minha irmã no quarto. Fiquei cega e voei em cima dele, taquei uma panela na sua cabeça e ele desmaiou. Maria tinha dez anos e eu, dezesseis. Abracei minha irmãzinha e decidi naquele momento fugir. Mas não tivemos tempo, mamãe chegou e defendeu de novo aquele crápula. Lembro-me de suas palavras de atroz.

— "Maldita hora em que pari vocês, duas ingratas que não valorizam o pai que tem, se não fosse ele estaríamos na rua suas mal agradecidas.

Você é uma pessoa ruim, Maria Aparecida, se acontecer algo com ele, eu te mato."

— Apesar da crueldade de suas palavras, eu contei tudo pra ela de novo, desde a primeira vez até o momento em que o flagrei sobre minha irmãzinha. Quando acabei de falar, nem tive tempo de pensar, o desgraçado se levantou, me arrastou do quarto pelos cabelos e me bateu. Minha mãe assistiu sem fazer nada para me defender. Depois ele abriu a porta da casa e me jogou. Enquanto andava buscando o equilíbrio, ouvia os gritos e barulho de coisas quebrando. Virei a cabeça antes de correr e através da janela vi Maria pela última vez, ela chorava e seus olhos suplicantes marcaram a minha memória. Sonho com o dia em que eu possa encontrá-la, todas as noites rezo por ela e peço que Deus a proteja.

— O que aconteceu com você?

Leonardo me surpreende com a pergunta. Ele não olhou com aquele olhar de pena que me deixa pior, nem ficou questionando coisas idiotas, tipo como eu me senti. Como se alguém pudesse sentir algo quando violentado, a não ser medo e dor.

— Foi nesse dia que corri para o fundo da igreja e lá em Santa Graça, que era tão raro chover, desabou uma tempestade. Eu imaginava que era Deus chorando comigo e sei que foi Ele que me levou até aquele lugar. O padre Rudimar me acolheu e permitiu que eu morasse com ele, aos poucos ele ganhou minha confiança e apesar do medo que sentia em ser encontrada, era protegida e amada. Algum tempo depois, minha barriga começou a crescer e descobri que estava grávida. Foi a única alteração que eu tive. Mesmo sabendo que o pai da criança era aquele desgraçado, em nenhum momento a reneguei, muito pelo contrário, a amei desde o primeiro momento.

— Depois que Bruna nasceu e eu estava fortalecida, padre Rudimar nos levou ao convento e quando ele teve a certeza da nossa segurança e que estávamos resguardadas lá dentro com o cuidado e proteção da Madre Tereza, ele foi até a casa que eu morava para buscar Maria. O convento iria acolher minha irmã também, mas ele não encontrou nada nem ninguém, eles haviam ido embora, evaporaram e nunca mais eu soube de nenhum deles. Mas penso em minha irmã todos os dias e não esqueço seu olhar de súplica.

De repente estou nos braços de Leonardo sendo abraçada com força. Amparada e aquecida, sinto-me em casa, então me deixo ser cuidada. Eu choro e ele chora também, nossas lágrimas se misturam e minha dor é dividida com ele, eu sinto. Aos poucos, os toques se intensificam, não só os dele, mas os meus também, meu coração dispara com a proximidade, mas de um jeito bom, e quando os lábios de Leonardo tocam os meus, ele se levanta.

— Desculpe, Olívia. Fui impulsivo. Você confiou em mim e quase me aproveitei de você, me perdoa.

Leonardo levanta de supetão e enquanto anda em círculos, passa as mãos nos cabelos, inquieto. Fico triste por sair do aconchego do seu braço, magoada pelos pedidos de perdão e feliz em saber que ele é um homem digno.

Ele se aproxima da porta e noto que vai sair e me deixar sozinha. Quando suas mãos tocam a maçaneta, meu coração acelera, então crio coragem e sussurro:

— Leonardo, não há pelo que pedir perdão. Fique comigo essa noite.

Ele sorri, volta e se deita ao meu lado. Não tenho medo, nem do passado e tampouco do futuro, compreendendo agora, ao lado de Léo, que pode ser possível eu ser livre, ser feliz. Tirei um peso de dentro de mim. Não é a salvação, mas é o primeiro passo para a liberdade, falar sem me atribuir a culpa, sem a vergonha do ato, que no caso fui obrigada a cometer. Léo é assim, especial, sinto que ao seu lado eu posso mais. Durmo em paz, sem pesadelos.

Capítulo Vinte e Quatro

LEONARDO

Enquanto Olívia me contava as coisas pelas quais passou, fiz um esforço descomunal para não socar alguma coisa. Eu queria resgatar esse homem do inferno e matá-lo com minhas mãos, queria tirar a dor de dentro dela. Sinto pena, mas disfarço esse sentimento que apenas piora a situação de alguém já fragilizado. Uma jovem linda, que teve a inocência roubada, não teve infância e nem amor. Num ímpeto de desejo de tomá-la para mim, de colocá-la numa redoma de vidro e não deixar que nada a machuque, a abraço com toda paixão que há em mim e sem conter meu instinto, quase a beijo.

Quase. Ainda bem que recuo. Eu seria um cretino em beijá-la num momento em que está vulnerável, mas ao mesmo tempo me pareceu tão certo. Enquanto peço desculpas, desnorteado, sua voz suave me pede para ficar com ela.

Volto e deito-me ao seu lado, contendo o meu desejo, contendo meus instintos, mas protegendo-a, fazendo com que se sinta em paz. Não há beijos, não há um ato sexual, é maior que isso, fundimos nossas almas nesse momento. Sinto que é ela a mulher da minha vida, um renascimento. Puxo sua cabeça para meu peito e como uma gatinha, ela se aninha em mim. É notória a sua fraqueza.

Sei que falar é difícil e que suas energias se esvaíram, por isso abraço seu corpo miúdo e enquanto ela encontra a calma, sussurro:

— Durma, Olívia, eu cuidarei de você e aos poucos essa dor ficará no passado e essas tristes lembranças serão enterradas pela felicidade que você ainda terá.

Adormecemos aninhados um ao outro. Despertar e separar nossos corpos é ruim, quase uma necessidade. Seu sorriso mostra-me que ela está bem. Sorrio de volta e começamos um novo dia sem mencionarmos nada da noite.

***

Alguns dias depois, Olívia está na cozinha, empenhada em fazer algo especial para as meninas, como havia dito pela manhã. Estou há uns vinte minutos observando-a e ela nem notou, parece-me tão à vontade e descontraída, que desejo congelar essa cena em minha memória para sempre.

Ela abre os armários, procura pelos ingredientes, e quando para pra ler, tem uma mania muito fofa, coloca um pé em cima do outro, os cabelos atrás da orelha e lê os rótulos como se estivesse lendo um livro de tão compenetrada. Sorrio, me lembro dela falando que no convento não tinha livros para ler, com exceção aos religiosos que já havia até decorado, pois eram poucos, e se tornou uma mania ler os rótulos dos alimentos, e que isso acabou despertando seu interesse pela culinária e se encantou pelo mundo dos doces. Uma coisa simples, mas tão simples, a torna infinitamente singular.

Olívia tem desenvoltura na cozinha, ao tempo que é delicada e organizada. Seria uma excelente chefe, acredito que nutrição seria um curso que ela aproveitaria. Olha só, eu aqui fazendo planos para alguém que conheci há pouco, mas que já se enraizou dentro de mim. Se alguém me perguntasse o que Olívia representa pra mim, seria muito fácil responder, ela representa o amor me convidando a ser feliz, a ser um homem completo novamente.

— Aiiii, que susto! — O grito de Olívia me desperta do transe, ela notou minha presença e se assustou. Droga. Acabou meu momento "psicopata", de ficar olhando-a em silêncio.

— Desculpe, Olívia, cheguei mais cedo do trabalho e você nem me viu entrando, eu estava vindo beber água e parei por um segundo para admirá-la cozinhando.

Ela cora e é um charme, coloca os cabelos atrás da orelha, mania que faz quando está nervosa ou compenetrada, e que eu já pude perceber. Responde na sua inocência peculiar:

— Ah, não precisa se desculpar, você está em sua casa, eu que sou uma boba mesmo, me assusto fácil.

— Você não é boba, Olívia. — A autoestima dela é tão baixa, toda hora se diminui, se desculpa, inferioriza, e isso preciso resolver, mesmo não tendo nada a ver com ela, quero e vou ajudá-la. — Você se assustou, qualquer um se assustaria e estar na minha casa não me dá ao direito de ser inoportuno. O que está fazendo de bom? O cheiro está delicioso!

— Ah, desculpa. Eu estava sozinha e decidi fazer uns doces, eu falei hoje pela manhã.

Esses pedidos de desculpas infundados me irritam um pouco. Eu me aproximo dela e toco suavemente seus braços, chamando sua atenção para que olhe direto em meus olhos.

— Olívia, realmente você não vai mais fazer isso.

— Sim, claro, me perdoe.

— Espere, me deixe terminar, você nunca mais vai ficar se desculpando, estamos entendidos? Eu quero que você se sinta em casa, já falei mil vezes, você pode fazer o que quiser. enquanto estiver aqui, a casa também é sua, pode fazer bolo, jantar, almoço, uma festa, o que seja. Estamos entendidos? Aliás, achei que você já tivesse passado dessa fase.

Ela baixa o olhar e toco seu queixo erguendo seu rosto em minha direção. Essa proximidade toca fundo meu peito. Seguro o desejo de beijá-la e... ah, como sinto vontade de cuidar dessa garota.

— Olhe para mim, Olívia. Estamos entendidos? Temos um acordo?

— Sim...

— Não foi muito convicto esse "sim", mas saiba que ficarei chateado se souber que não fez algo por vergonha.

Afasto-me para minha própria segurança, perto dela fico vulnerável, coração disparado no peito, suo frio, sensações desconhecidas, uma mistura insana de sentimentos, sempre louco para tocá-la. Volto ao tema da comida para amenizar o clima.

— Mas vamos lá? A senhorita não disse ainda o que está fazendo de bom, porque só o cheiro é de matar.

— Fiz cookies para as meninas, elas amam e fiz várias assadeiras, para levar para os seus sobrinhos também. Aproveitei o forno ligado e fiz um bolo.

— Assim você fere meu coração, eu só vou poder sentir o cheiro? Ou terei que subornar minhas filhas ou meus sobrinhos para ganhar um? — Ela ri de um jeito descontraído e vê-la tão serena e livre dos medos e receios a torna ainda mais linda.

— Desculpa... ops.

Ela coloca a mão na boca ao pedir desculpas e ver minha cara de bravo.

— São para você também, foi maneira de falar.

— Hum, sei, então você não come?

— Claro que sim.

— Então você fez para todos nós, não é?

— É.

— Viu? Bem simples, já tem algum pronto? Porque se for para esperar as meninas para comer, eu não vou aguentar.

— Você é um esfomeado, Leonardo. Espere... Não foi isso que quis dizer, me...

— Desculpe? Desculpe, desculpe? Para de falar desculpa. Seja você, seja natural, já vivemos em uma sociedade onde tudo precisa ser pensado antes de falar, medido, se na nossa casa, entre os nossos, não pudermos ser verdadeiros, fica difícil.

— Você tem razão, então passa um café que vou desenformar uns cookies para gente, tá bem? O bolo ainda demora.

— Não precisa ficar tão mandona também!

Caímos na risada e uma cena simples se torna especial, e como eu quero isso de verdade para mim. Para sempre.

Passo o café e sentamos, eu e Olívia no balcão da cozinha, apenas as xícaras e uma cesta de cookies à nossa frente. Coloco a garrafa de café e por incrível que pareça ficamos mais de uma hora sentados até esvaziarmos a cesta e a garrafa, e conversarmos sobre assuntos leves e gostosos. Entre um silêncio e outro, observo-a colocando açúcar no café e mexendo delicadamente, um gesto simples e corriqueiro que me diz muito sobre alguém, e dela me diz doçura e delicadeza.

— Olha, Olívia, eu posso me acostumar mal, muito mal, você cozinha muito bem e esses cookies são os mais perfeitos que já comi em minha vida toda. Sério, você poderia ganhar muito dinheiro vendendo isso.

— Ah, para, você só quer me agradar, nem são tão fantásticos assim e...

— Olívia, Olívia, você recebeu um elogio, como se fala?

— Obrigada, Leonardo.

— Isso, boa garota! Vamos buscar as meninas na casa da Letícia? Assim você já leva os cookies para os meninos, coloque-os em uma vasilha.

— Vamos, vou levar um pedaço do bolo também, apesar de quente, acho que consigo desenformar, você me ajuda aqui e...

Trombamos com esse movimento e eu não resisto. Abraço Olívia e aspiro seu cheiro, me embriagando com seu doce perfume. Não é nada sofisticado, mas é tão ela que se torna o melhor do mundo. Solto-a sem jeito, e como se não tivesse tido um momento esquisito pra burro, ajudo-a a embalar as coisas.

Ao chegarmos na Lê, entramos de mãos dadas, tão natural, que só me dou conta quando as meninas se aproximam e falam uma para outra:

— Olha só, papai e mamãe estão de mãos dadas.

Soltamos as mãos rapidamente. Olívia fica lívida e trato de desconversar, falo sobre os cookies, mas percebo minhas duas pequenas cochichando o tempo todo. Ainda bem que os meninos se aproximam e na euforia para comer, vamos todos para cozinha provar as delícias da tia "OL".

Ao chegarmos em casa, Olívia que se manteve calada desde o "incidente das mãos", tranca-se no quarto e não sai tão cedo. Melhor assim. Porque eu não estou administrando bem meus ímpetos ao seu lado.

Capítulo Vinte e Cinco

OLÍVIA

Desde que cheguei em São Paulo, tenho novidades todos os dias. A família de Leonardo, que é fantástica, e que infantilmente me apeguei como se fosse minha, o tratamento da Bruninha, os trâmites judiciais sobre a troca das meninas, os registros, as brigas com os sogros de Leonardo, a médica apaixonada por ele, passeios, jantares, aff... É tudo absurdamente gigante para mim. Tantas coisas, pessoas, negócios... tem momentos que só desejo o silêncio do convento.

Vida engraçada, né? Eu que sonhava em sair de lá. Bem, sonhava em sair para algo corriqueiro, *normal*, mas acho que nada nunca será normal para mim.

Tem momentos em que me assusto pra caramba com tudo. Existem horas em que me acho forte, em outras, uma menina indefesa. Haja sanidade. Felizmente, acima de tudo isso, tem a minha fé, que certamente é o que me mantém firme em meus propósitos.

Muito bem, Dona Olívia, todo esse "auê" não te preparou para essa surpresa.

Leonardo acabou de me informar que as meninas irão a um parque aquático com as irmãs dele e passarão o final de semana inteirinho. O médico liberou Bruninha, alegando até ser bom um espaço para se divertir.

Na hora em que ele falou, achei bacana. Mas agora, a ficha caiu.

Caramba, vou ficar um final de semana inteirinho sozinha com Leonardo. Estou ferrada.

Meu coração parece que vai sair voando de dentro de mim cada vez que ele se aproxima. Suo frio. Quando ele não está, sinto saudade, e quando ele chega, me seguro para não correr e abraçá-lo. Eu não entendo nada de paquera, de gostar de alguém, mas não sou burra, é óbvio que esses sentimentos não são nem fraternais, tampouco amigáveis.

Em vários momentos em que estivemos sozinhos, percebi Leonardo constrangido, ou me olhando diferente. Ele já se aproximou algumas vezes, imaginei que seria beijada, só que ele sempre sai pela tangente. Ou sente algo por mim e teme assim como eu, ou quer mesmo se esquivar da minha presença. Essa dualidade de ações acaba com a minha sanidade, e esse achismo é uma barra para uma pessoa que, além de indecisa, é insegura. Meus sonhos arquitetam que ele gosta de mim, sim, mas minha realidade aponta que seria impossível, que ele só está confuso mesmo.

Um homem lindo, estudado e rico como Leonardo, gostar de uma *sem sal* como eu. Perto da doutora, uma mulher linda e inteligente, eu não passo de um *problema* que ele precisa resolver.

Bem, de qualquer forma, será difícil para mim esse final de semana, ter assunto e segurar a onda de me aproximar demais de Léo, afinal sempre há as meninas para me distraírem, ou mesmo as irmãs dele que me convidam para sair, ou me telefonam. Ah, se eu pudesse, visitaria o padre Rudimar.

Chega de queimar neurônios, Dona Olívia, e se vira. As meninas acabaram de sair, após um grande alvoroço de malas e euforia, principalmente da minha Bruna, que nunca fez algo do tipo; fiquei muito feliz por elas e agradecida às irmãs de Léo, certamente será uma diversão, todos os primos reunidos em um lugar repleto de aventuras. O apartamento já está um silêncio danado.

— Enfim a sós, doce Olívia.

Leonardo acabou de fechar a porta da sala falando isso, e simplesmente é muito complicado assimilar "*nós*", "*sós*", "*doce*", tudo de uma única vez, vindo dessa voz magnífica. Tremo dos pés à cabeça e disfarço estar ajeitando as almofadas do sofá, só para não encarar esse moreno.

Tarde demais. Ele puxa a almofada da minha mão e me encara sorrindo. Ai, meu Deus. O que ele vai fazer?

— Hoje vou levar você para experimentar comida japonesa. O que acha?

Hein? Isso? Claro, sua burra, achou que ele diria o quê, enfim, vamos namorar? Idiota.

— Ah, não sei, não gosto que fique gastando dinheiro comigo e também vai que eu não gosto da comida, será um desperdício maior e...

— Quanta barreira, Olívia... Não é gasto, é investimento em gastronomia, e se não gostar, saímos e pedimos uma pizza. Vamos lá, garota, tome um banho e se arrume para passearmos por essa cidade fantástica.

Concordo sorrindo feito uma menina tola. Bem, é o que sou de fato, qualquer coisa que ele faça por mim é muito, muito.

E por várias horas, esqueço tudo. Meu passado, meus erros, as meninas, minha posição. Coloco tudo "debaixo do tapete" e permito-me ser só uma moça de vinte e três anos, saindo numa cidade linda, com um médico gato, educado e bonzinho.

Deu certo. Esse "tapete" que criei me fez muito bem. Curto as luzes dessa cidade, conheço lugares lindos, mesmo sendo noite e Leonardo promete me trazer durante o dia para conhecer todos eles. Adoro a comida japonesa, amo os sushis, só esses palitinhos que não são para mim não. Parece que eu tenho as duas mãos esquerdas. No início, fico envergonhada e depois acaba virando nossa diversão, pois cavalheiro como Leonardo é, me acompanha nos talheres.

Assim que chegamos ao apartamento, parecemos próximos demais, e nossa conversa que continua no sofá vai mudando o rumo do natural para mais íntima. A distância some e meu medo chega assim que Leonardo toca meus cabelos.

— Olívia, Deus sabe o quanto venho me policiando para não confundir as coisas, não me aproximar, só que no fundo eu já imaginava que seria uma luta perdida. Não posso, não consigo, não quero. Posso beijar você?

Caraca. Se eu quero que ele me beije? Sim. Se eu devo? Não. Então, misturando sim com não, respondo:

— Não sei.

— Como não sabe, Olívia? Você se imagina me beijando?

Enquanto ele sussurra isso pertinho de mim, matando o resto da minha sanidade, confirmo com a cabeça, e ele pergunta mais uma vez:

— Posso beijá-la?

Meu "sim" o traz para mim. E Leonardo me beija, no início delicadamente, como se estivesse conhecendo o território, beijos suaves pelos meus lábios, respirações trocadas, e um sussurro:

— Se quiser que eu pare, é só falar.

Eu não quero que ele pare e de repente o beijo se torna forte, sua língua entra na minha boca com fúria, é quente e enlouquecedor, eu que nem sabia o que era um beijo com vontade estou retribuindo na mesma ânsia. Realmente, não quero que ele pare.

E não paramos, beijamos um monte. Suave, forte, pausas, respirações e beijos.

Capítulo Vinte e Seis

LEONARDO

Parece um sonho beijar essa menina, e assim como sonhei, ela é doce. Uma boca carnuda, gostosa, saborosa. É gosto de inocência, de morango, de desejo. Depois de Marcela fiz sexo casual, mas não passou disso, o toque com sentimento não tive, mas lembro-me de como era, e sei que nunca senti algo assim. Não quero pensar nas consequências e em nada além desse desejo que há pouco estava reprimido.

É um beijo divino, parecemos adolescentes nos descobrindo. Embora ela seja — e é neste pensamento que a realidade me assola — uma menina apenas. Lamentando, afasto-me delicadamente para não a magoar e imediatamente sinto a falta do seu calor.

Seus olhos me questionam o que está havendo e eu não sei.

— Que beijo doce você tem. Precisamos parar um pouco, pois está complicado só te beijar.

— Eu quero que me beije mais, Leonardo. Eu gostei muito.

— Eu sei que sim, menina, beijar você é bom, só que eu não sei se posso ficar apenas nos beijos se continuarmos assim.

Nesse tempo, ela parece cair na real e arregala os olhos para mim.

— Entendo. Você não me quer, é isso?

Seu discurso hesitante e sua insegurança me irritam. Ela não entende que é o contrário, que eu a desejo com tudo o que tenho. Falo com calma para não afugentá-la:

— Não, minha querida, exatamente o contrário, eu te quero tanto que chega a doer. Mas um beijo intenso vira toques e toques viram intimidade. Você me entende?

Ela concorda com a cabeça.

— Precisamos ser pacientes.

— Eu sei. Mas não podemos ficar só nos beijando? Eu gostei, Léo, se quiser um pouco de intimidade, tudo bem.

Esse pedido suplicante é a coisa mais sexy que já ouvi em toda a minha vida. Eu não aguento e a beijo de novo, e os sentimentos explodem dentro de mim.

— Preciso beber uma água, Olívia.

— Eu também, Léo, beijar dá sede, né?

— É, Olívia... dá sede. — Porra, estou buscando um alívio, quase morrendo de tesão e ela achando que o beijo é que dá sede. Perdição.

Depois que tomamos nossa água, me despeço de Olívia na cozinha ou não responderia por mim, e jamais poderia tomá-la sem o zelo e o cuidado que merece, afinal ela já foi muito machucada. Devo ser paciente, dar muito amor para que ela esqueça o que antes era dor.

Deito em minha cama após um banho gelado para esfriar meu corpo, sorrio relembrando o beijo, sua boquinha vermelha, sua alegria em beijar e desisto da tentativa de dormir. Levanto-me e vou para a sala assistir alguma coisa.

Olívia está deitada no sofá, chorando. Isso fere meu coração e sinto-me péssimo, será que avancei o limite? Será que fui um cretino?

Sento-me ao seu lado e peço que me diga o que está havendo. Ela apenas chora e não fala nada, estou ficando louco.

— Olívia, eu que fiz você chorar? Me perdoe. Mas fala comigo, por favor.

Ela ergue o rosto vermelho e, por Deus, se sou o culpado, não vou me perdoar.

— Olívia, por favor, fale. Imploro.

Entre soluços com sua timidez peculiar, diz em voz baixa enquanto faço carinho em seus cabelos:

— Não, Leonardo, muito pelo contrário, foi maravilhoso beijar você, aliás, foi a melhor coisa que já fiz. Mas aquele desgraçado me marcou, Léo, e sei que nenhum homem irá querer nada comigo. Foi por isso que se afastou, não foi? Pela intimidade? Tem nojo de mim?

Ela explode em choro e eu explodo em ódio do canalha do padrasto dela, infeliz. Sinto alívio por não lhe ter feito mal, bem, acho que fiz, de qualquer maneira.

— Olívia, preste atenção. Eu sou louco por você, alucinado, e não há nada que eu queira mais que tocá-la, tê-la intimamente. Eu jamais teria nojo de você, tenho nojo do desgraçado que te magoou.

— Tem pena? É isso?

Sim, é isso, mas não falo, não posso.

— Não é pena, é respeito. Eu temo machucá-la, ultrapassar barreiras, constrangê-la, suscitar medos em você. E já que hoje demos nosso primeiro beijo, aos poucos testaremos nossos limites até encontrarmos o nosso momento mais íntimo. Devagar, e não é só por você, é por mim, também. Precisamos de tempo até descobrirmos a hora certa para nós.

Sorrindo, ela me abraça e sei que tiro um peso dela e no fundo de mim, também.

— Então vamos ficar beijando hoje a noite toda, assim, uma próxima vez a gente já teve a intimidade do beijo.

— Sim, minha querida, muita intimidade. — Sua inocência ainda vai acabar comigo.

E até cansarmos e sermos vencidos pelo sono, nós nos beijamos muito, de todas as maneiras, e apesar de todos os pesares, tenho dois corações amansados.

Merecíamos esse "parênteses" dentro da nossa rotina sufocante, da avalanche de situações difíceis que estamos enfrentando. Fazia muito tempo que não me permitia ser apenas eu.

***

Alguns dias depois, acabamos de chegar da primeira audiência. Se está sendo sufocante para mim, imagino para Olívia. Ainda não conseguimos conversar, ela está nervosa e espero que se acalme, assim ganho tempo para ter mais paciência. Aliás, paciência tem sido meu nome nesses últimos dias.

Estamos na parte de fora do Fórum esperando papai e mamãe virem falar conosco. Olívia se recompõe e assim que eles chegam, saímos para almoçar e tentar entender toda a situação.

Minha mãe, que acompanhou de perto ao lado dos advogados do seu escritório, com sua diplomacia, nos informa sem alarde e sei que é difícil para ela também, afinal é da sua neta que está falando e tudo o que envolve sentimento triplica a proporção.

— Olívia, Léo, peço que tenham calma nesse momento. Essa foi só uma primeira audiência, não é sobre a guarda definitiva. Ainda estão averiguando se houve crime, roubo, eles, no fundo, estão apenas analisando num todo.

— Vocês prometeram que eles não tirariam a minha filha, e agora? O que eu vou fazer? Não sou nada perto deles, não vou suportar.

— Olívia, você não está sozinha. E a promessa que fizemos foi exatamente essa, de apoiá-la. Diante da minha experiência na vara familiar, acredito que seja muito difícil tirar um filho bem criado de seus pais. Mas, veja bem, esse é um caso raro que precisa ser muito bem analisado. Depende da justiça, das provas, da defesa e da acusação. Enfim, essa foi a primeira etapa, é comum que eles queiram essa aproximação com a outra parte. Compreende? Não é definitivo, é apenas uma concessão.

Olívia se desespera e eu preciso ser firme com ela:

— Olívia, você precisa se controlar, está complicado para nós também, não estou gostando nada dessa situação, só que é assim que vai ser. Enquanto isso, precisamos ser resilientes, confiarmos em nós mesmos e na justiça.

— Olívia, a guarda de Bruna é do Leonardo sem nenhuma contestação sobre a deferência do juiz. Mas você precisa compreender que eles são a família dela também, precisam dessa aproximação. Carolina e Roberto cuidarão bem da menina, é a neta deles e têm o direito de ter a convivência, o amor e também as coisas materiais que lhe caberão num futuro — meu pai declara com toda firmeza e sutileza que lhe são características.

Após horas de conversa em que finalmente Olívia pareceu aceitar, agradeço meus pais. Minha lista de gratidão por eles aumenta gradativamente. Sou o cara do problema. Rumamos para casa e peço que Olívia me permita contar para as meninas, sou mais racional e quero transparecer naturalidade para elas.

Depois de ganhar beijos e abraços das minhas pequenas, sentamos na sala, como numa reunião formal. Acho a coisa mais bonita, minhas duas menininhas juntas, de mãos dadas, parecendo duas adultas, me encarando para *a tal* notícia.

— Como o papai já havia dito, a Bruna é filha da Marcela. — Elas concordam com a cabecinha. — Bem, a Bruninha irá operar e ficará muito tempo no hospital, e eu e a Olívia também, então os seus avós ficarão com você para que a gente fique mais tranquilo. Também, eles querem te conhecer melhor, te dar carinho. Você aceita, minha querida?

Ela olha para a irmã, para as mãozinhas, e estou com o coração acelerado, quero muito que ela pense que essa é uma decisão totalmente dela.

— Minha mamãe poderá me ver?

— Por enquanto não, só o papai, porque você sabe que sua vovó ainda não entendeu direito que sua mamãe não fez a troca por mal, não sabe? Mas o papai irá todos os dias, vocês poderão se falar por telefone e também é por pouco tempo, meu anjo.

— Tudo bem, papai. Acho que vou gostar de morar com minha vovozinha, aqui vai ficar muito chato sem minha irmã mesmo.

As duas se abraçam, combinando como será o tempo em que estarão separadas. Saio e deixo minhas meninas encontrarem a melhor forma de ficarem bem. Agradeço por ter filhas compreensivas e, enfim, respiro aliviado.

Enquanto todas as questões judiciais não forem resolvidas, enquanto minha filha não se recuperar desta maldita doença, cada pequena vitória me dará ânimo de continuar até o fim.

A legislação é dura e não contribui para esta situação, haja vista que a lei é muito clara nestes casos. Por mais que tentássemos, seria um desgaste desnecessário nesse momento crucial.

Tudo saiu do meu controle, resta-me a fé e a paciência. A saúde da minha filha, os trâmites judiciais e ainda, sem que eu possa conter, a minha paixão por Olívia, que embora eu sinta com todas as minhas forças, não posso vivê-la. Se o que eu sinto sobreviver a todo caos, será vivido com a intensidade e verdade merecidas.

Capítulo Vinte e Sete

LEONARDO

Chegou o dia tão temido e ao mesmo tempo muito esperado por nós, o transplante de medula da minha filha. Toda minha família está presente, assim como o padre Rudimar e madre Tereza. Fico feliz em saber que Olívia não está sozinha neste mundo. Magoou-me a ausência de Dona Carolina, que foi informada por minha mãe do dia e horário da cirurgia. Definitivamente, ela não tem mais amor nenhum por Bruna.

Um médico lida com dificuldades diariamente, com perdas, dores e com a mais tocante fragilidade humana. Isso nos evidencia dois extremos: a compaixão e a razão; uma nos torna mais humanos, a outra nos capacita em exercer o ofício. É uma dualidade conflitante a qual nos sujeitamos, um contrapeso para sermos capazes.

Mas quando você fica apenas com o lado emocional, você se quebra inteiro. E é assim que estou: quebrado. Neste corredor frio de hospital, a única coisa que me aquece é olhar em volta e ver que não estou sozinho, que minha família compartilha comigo esse momento crucial.

Quando Bruna passou por nós nesse corredor, deitada na maca, e me olhou com seus olhos suplicantes, eu tive a certeza pungente em meu coração de que ela é minha filha sim, que o sangue que corre na sua veia pouco importa diante de cada batida do meu coração.

Despeço-me da minha filha e só não caio porque minha fé me sustenta, teoricamente falando, e com a experiência que eu tenho sei que o processo é rápido, indolor, mas toda cirurgia tem seus riscos, e talvez até como masoquismo, só pensamos neles quando alguém que amamos se sujeita a isso.

Todos tentam me distrair, me chamam para sair, comer, só que não dá. Enquanto a Bruna e a Olívia não saírem do centro cirúrgico, simplesmente não dá para fazer nada. Decidi falar com Olívia ontem para que não houvesse lacunas, medos e nada pendente antes desse momento. Sua maturidade me surpreendeu. Recordo-me do nosso diálogo:

— *Olívia, você está preparada para amanhã? Existe alguma dúvida, receio ou qualquer coisa que você queira saber antes? Como você está se sentindo?*

— *Leonardo, não dá pra classificar o que estou sentindo, é um misto de todas essas coisas que você disse e dúvidas quanto ao procedimento não tenho nenhuma, o Doutor Fabrício me explicou certinho todos os procedimentos, precauções e cuidados pós-cirúrgicos, é muito simples. A única coisa que pesa são os sentimentos da Bruna, sua saúde, é apenas ela que importa. Só quero te pedir uma coisa, desde que tudo começou, eu nunca tive coragem de verbalizar, mas preciso te pedir isso: se acontecer algo comigo, qualquer coisa que seja na cirurgia ou no desenrolar da audiência, não sei, Leonardo, posso morrer, ser presa.*

— *Não fale uma coisa dessas, Olívia* — eu a repreendo, austero.

— *Por favor, deixe-me terminar, já é difícil o bastante... bem, se acontecer qualquer coisa, mesmo que não sejam esses problemas iminentes, sei lá, posso ser atropelada numa esquina...* — Rimos, apesar de tudo. — *É sério, só me prometa, por favor: nunca abandone nenhuma das meninas, seja o pai que elas merecem e precisam. Promete?*

— *Prometo, Olívia, mas só para aliviar seu coração, porque eu jamais abandonaria uma das minhas filhas.*

Selamos o assunto com um abraço e fomos dormir, ou ao menos tentar. Hoje apenas a agradeci e desejei sorte antes que entrasse para o centro cirúrgico.

Após a cirurgia, o doutor Fabrício vem ao nosso encontro com uma expressão vitoriosa e o alívio nos toma.

— Leonardo, o procedimento foi um sucesso. Sabemos que as próximas horas serão vitais, mas ela responde positivamente e dá indícios de que sua recuperação ocorrerá dentro do que esperávamos. Além do mais, o acompanhamento hematosanguíneo seguirá, temos todo amparo para que ela saia vitoriosa. Agora só precisamos de paciência, até que ela não corra nenhum risco, que recupere sua imunidade e tenha alta. Esse tempo é incerto, depende da reação dela.

Depois de todos os abraços calorosos de felicidade e conforto, minha família se despede e eu procuro a capela do hospital. Minha lista de gratidão com Deus aumenta e isso é uma dádiva. Agora preciso ter calma para esperar o momento de visitar a minha menina e a Olívia, que já é tão minha também.

Bruna ficará no hospital no mínimo até os próximos 20 dias para avaliarmos se haverá rejeição ou não. Como a imunidade fica baixa, seu quarto é isolado, as visitas restritas e só podemos entrar nele devidamente vestidos com roupas esterilizadas e individualmente.

Passaram-se poucos dias, Olívia teve alta e parece não se acalmar nunca pela ausência das meninas e principalmente da (sua) Bruna. Dona Carolina só permite que eu visite a menina, mas num segredo só nosso, ligo para Olívia para que mãe e filha conversem.

Alguns dias depois, Bruna se recupera bem, mas ainda não pode sair do hospital e as visitas continuam limitadas. Eu fico durante as noites e Olívia se ocupa dela durante o dia, o que as têm aproximado bastante e dispersado um pouco Olívia de sofrer. Mas ela se fechou em seu casulo e tudo o que eu tinha conquistado se esvaiu. Entre nós, não há mais a intimidade, nossos assuntos são curtos e são somente sobre as meninas.

Não está sendo fácil, sinto saudades do seu abraço, dos seus beijos.

Capítulo Vinte e Oito

OLÍVIA

Estou tentando levar a vida tranquilamente, mas está tão difícil, sem nenhuma de minhas filhas em casa, e com o medo de Dona Carolina conseguir a guarda definitiva. Minha única alegria tem sido minhas visitas à Bruninha no hospital.

O esgotamento de Leonardo entre suas idas e vindas do hospital e do tribunal acabou nos afastando, tudo o que tínhamos construído intimamente desmoronou, e nem sei mais o que pensar.

Que vontade de fugir. Mas para onde?

E se não bastasse todos os meus problemas e ladainhas, a vida ainda quer mais de mim, ainda quer testar minhas forças, e sem dó ou piedade, ela chega e, fugaz, me dilacera.

Eu faço almoço quando o telefone toca. É só um telefonema e o que jaz dele me destroça, me derruba, e me fere irreversivelmente. E então, eu conheço a dor maior, vejo o quanto a vida pode ser cruel.

— Alô? Sim, sou eu, Olívia. O quê? Quando? Não pode ser.

Escuridão. Desespero.

E aqui estou diante deste caixão, vendo o que sei sobre o amor me deixando, vendo que não fiz e nem falei o suficiente. A dor que me mata agora é a mesma dor do medo que eu tinha de perdê-lo.

Foi-se meu exemplo de pai, de honestidade e bondade, perdi meu porto seguro, mas embora ele tenha partido, uma certeza eu tenho: ele embutiu cada uma dessas referências dentro de mim. E ainda mais, pois tenho a obrigação de mostrá-las ao mundo, por mim e por ele. Mas mesmo com a consciência de que levarei seu legado, que o carregarei no peito e o amarei para sempre, a dor é dilacerante, parece que vai rasgar toda a minha pele e eu choro para tentar aliviar um pouco dessa angústia. A fé que eu tenho não me deixa enlouquecer, mas ela não impede o meu sofrer.

Alguns me abraçam, nem sei quem são, ouço sussurros que chegam como ordem:

"Não chore, ele precisava descansar, a vida é assim, chegou a hora..."

E esse monte de absurdos que as pessoas nos dizem na hora da morte de um ente querido não serve para nada além de aliviar a própria pessoa de dizer: *"papel cumprido, fiz minha parte, eu consolei o outro".*

Consolou? Com palavras vazias e presenças indesejadas? Quando o caixão se cobrir de terra, cada um voltará para sua casa, tocará sua vida sorrindo e com mais um protocolo cumprido. E as pessoas que se importam com quem partiu? E eu? Eu nem sei onde é minha casa, para onde devo ir, era ele o meu lar.

Eu não quero mais ouvir palavras vazias, conselhos inúteis. Estou sofrendo e essas palavras só me causam mais dor. Quero gritar para todos saírem daqui, mas não posso, então fico roboticamente acenando com a cabeça como se essas palavras fizessem sentido, como se essas pessoas que eu nunca vi estivessem me ajudando.

Toco seu rosto frio, mas tão sereno, e rezo, rezo para que ele me ouça através de sua alma, rezo como ele me ensinou, peço para que Deus o acolha e o deixe em um lugar bom, e que quando eu partir, possa reencontrá-lo. Acabou. O fim de mais uma vida, uma vida que era parte da minha e que leva agora um pouco de mim.

Ele não teve tempo de me ver independente, morando em sua cidade, na casa em que cresceu, de me ver trabalhando, de ver Bruna indo à escola. Ele não teve tempo de ficar em paz, sabendo que eu estaria segura. Eu não tive tempo de me despedir, de dizer o quanto eu o amava, o quanto sou grata. E não tive tempo de chamá-lo de pai definitivamente.

Tempo, tempo, tempo, senhor de nossas vidas, dos nossos medos, da nossa voz calada, sem dizer o que sentimos, do abraço guardado para o momento especial que nunca é especial o bastante, tempo que enjaula os nossos sonhos. Tempo que acelera a vida, desacelera o caminhar. E nunca há tempo o suficiente, nunca o suficiente é um todo. Falta, sempre falta um último tudo.

Após uma oração, o velório se finda e a despedida final chega. Tento manter o controle, mas fracasso. Deito sobre seu caixão tentando segurá-lo e não deixar que o levem de mim, grito, choro, imploro. Nada. Mãos me afastam, outras mãos baixam o caixão. Ajoelho-me no chão e jogo meu punhado de terra molhada por minhas lágrimas, e, fim.

Ao me levantar, tenho mãos fortes me amparando e vejo Leonardo ao meu lado. Até tinha me esquecido que ele estava aqui o tempo todo, apenas ignoro todas as diferenças que havia se instalado entre nós e deixo que ele me acolha em seus braços. No peito que é minha calma, choro as lágrimas que ainda me restam. Nem ouço o que ele me diz, não importam as palavras agora, importa sua presença, seu toque, seu cheiro, me importa ele aqui comigo. Por esse abraço, imagino minha salvação.

— Estou aqui, Olívia.

E eu quero que fique para sempre, penso.

Capítulo Vinte e Nove

LEONARDO

Estou no hospital revezando os cuidados com Bruna quando meu telefone toca. É raro que Olívia me ligue. Sorrio, mas meu sorriso morre assim que ouço seus soluços, me contando em desespero que o padre Rudimar morreu. Choque. Mais uma grande e cruel reviravolta. Olho para minha filha e decido rapidamente o que fazer.

Ligo para minha irmã e peço que Letícia compre as passagens para nós dois, não posso deixar Olívia viajar sozinha. Mamãe organizará os cuidados com Bruninha no hospital, Dona Carolina avisará Bruna que estarei ausente por alguns dias, sem de fato mencionar o motivo.

Chegando em casa, consolo Olívia da maneira que uma pessoa pode ser consolada num momento como esse. Falo que resolvi tudo para irmos ao velório e apesar de sua relutância para que eu a acompanhe, deixo claro que é incontestável. A mágoa me atinge, porém não é hora para melindres, não é sobre mim. Independente de qualquer coisa, ela está precisando de apoio e, querendo ou não, estarei ao seu lado nesse momento de dor.

Durante o trajeto que parece demorar um dia inteiro, observo Olívia, que dorme após o remédio que lhe dei para viajar mais calma. Vejo o quão doce ela é, uma menina que tinha tudo para ser rebelde, revoltada, cair em caminhos errados, porém apesar de todo sofrimento, escolheu o bom caminho, escolheu o bem. Claro, ela teve ajuda e incentivo, contudo a escolha determinante foi sua. Sorrio ao olhar para ela, ingênua e insegura, mas ao mesmo tempo tão forte, arisca, introspectiva e, por que não, carinhosa e amorosa. Gentil apesar das maldades que sofreu e sofre. Quero protegê-la do mundo e das coisas ruins. Acho que isso se tornou meu propósito.

Chegando ao aeroporto de João Pessoa, alugo um carro e seguimos para Santa Graça. Olívia permanece calada o tempo todo, e eu respeito o seu momento. Chegamos a tempo do velório. Ela corre para os braços da madre Tereza, eu me afasto para que ela tenha seu momento privado. É a hora crucial de um funeral, a despedida final, assistir o caixão baixar e isso é horrível. Vê-la ajoelhada naquele chão, sozinha e sofrendo, acabou comigo. Queria colocá-la em uma caixinha de vidro e cuidar dela para sempre. Quando me abraça e deita sua cabeça em meu peito, sinto-me um *"Superman"* desses de filme, mesmo. Mas sou tão frágil quanto ela.

Saímos do cemitério e passamos na paróquia. Olívia passa as mãos pelas fotos, pelos móveis numa nostalgia triste e doída. Fico calado, porque nesses momentos devemos somente estar por perto para apoiar, abraçar e cuidar, palavras são poeiras jogadas ao vento.

Depois que ela separa tudo o que quer, com a permissão da paróquia e ajuda da irmã Teresa, encaixoto tudo e carrego até o carro. Ela anda por cada canto da casa se despedindo e quando a irmã Teresa a abraça, ela desaba em lágrimas mais uma vez. Como eu queria curá-la de tamanha tristeza.

Despedimo-nos e seguimos para o aeroporto. Olívia dorme o caminho todo, o que é bom pra ela, precisa descansar; e eu fico dividido entre olhar pra ela e para a estrada. Sua beleza natural, sua fragilidade, faz com que eu a venere a cada instante.

Desembarcamos exaustos, pois foram mais de vinte e quatro horas sem dormir ou comer direito. Minha irmã nos aguarda no aeroporto de São Paulo e só de vê-la já fico feliz. Eu não poderia ter irmãs mais maravilhosas que as minhas. Letícia tem sido uma grande amiga e um grande apoio, não só para mim, mas para Olívia também, que já depositou nela a sua confiança. Enfim, em casa.

— Meus queridos, vocês estão com o semblante esgotado e imagino que estejam assim por dentro. Além do cansaço e da fome, há a tristeza e eu nem sei o que lhe dizer, Olívia. Sinto tanto por você.

— Tudo bem, Letícia, com o tempo vai passar. Obrigada por tudo que fez por nós. As meninas estão bem?

— Não precisa agradecer. E quanto às meninas, elas estão bem, visitei Bruna na casa de Dona Carolina e revezei com mamãe os cuidados com a Bruninha. Achei prudente não falar nada sobre a morte do padre Rudimar, cabe a vocês fazê-lo em momento oportuno. Agora descansem e conversem. Também deixei uma torta no forno que minha funcionária fez e deve estar deliciosa.

— Ah, Letícia, às vezes acho que você é uma fada madrinha ou coisa desse tipo!

— Olívia, não ache, ela é.

— Ah, parem vocês dois, senão eu vou chorar e não é nada disso, mesmo porque não é trabalho nenhum, eu amo vocês e a gente quer o bem-estar de quem amamos, não é? Então é simples.

Minha irmã é foda. Letícia nos deixa em casa e subimos. Depois de um merecido banho, sentamos na sala mesmo para jantar. Jantamos em silêncio, recolhemos as coisas e antes de ir para o quarto, Olívia fala comigo:

— Léo, obrigada por tudo, por ter ido e ter cuidado de mim mais uma vez.

Sua vulnerabilidade me atrai como imã. Aproximo-me e lhe dou um abraço caloroso.

— Léo, você poderia dormir comigo? Estou com medo.

Seu pedido me leva ao quarto e enquanto velo seu sono conturbado, tenho uma noite em claro, cheia de conflitos e incertezas.

Sinto tanto por ela, por mais essa tragédia que caiu em seu colo. Porque algumas pessoas sofrem tanto? Quantos desafios essa menina ainda precisa enfrentar? Quantas lacunas ainda precisa fechar?

Capítulo Trinta

OLÍVIA

Que reviravolta na minha vida... Acredito que várias mulheres muito mais vividas que eu jamais sofreram o que sofri nesses meus vinte e três anos, e o meu peso é tão grande que me sinto uma velha. Gozado, não conheço nada do mundo e ao mesmo tempo já sobrevivi aos maiores tormentos que ele poderia trazer.

Fazendo um retrospecto, percebo que nunca fiz nem vivi nada por mim, estou sufocando a cada dia nesse apartamento, a saudade que sinto das minhas pequenas é dolorosa demais, estou fragilizada pelos cuidados com a Bruna, a ansiedade pelos trâmites judiciais que não desenrolam e, principalmente, por minha perda recente.

A saudade do padre Rudimar judia muito de mim. Quando eu soube do procedimento de seu testamento, quase desidratei de tanto chorar. Ele havia me endossado tudo, foi tão cuidadoso que até deixou uma carta em meio aos documentos.

Às vezes tenho a sensação de que ele sabia que morreria, foi rápido em organizar tudo e pensou em mim. Quando fecho meus olhos, muitas vezes sonho que ele é meu verdadeiro pai. Tudo é intenso demais, não tive tempo de me recuperar de um problema e já veio outro, acho que é o meu destino, me superar a cada dia.

Releio pela milésima vez a carta de padre Rudimar, onde ele aconselha a me mudar para Campo Verde e recomeçar. Na carta, ele inclui Bruna e o desejo de que mãe e filha encontrem um caminho. Todos os trâmites estão prontos, a casa desocupada, o dinheiro disponível em uma conta que ele abriu em meu nome. Na carta, explicou como tudo funcionaria, quem eu deveria procurar e como eu deveria agir.

Decido não chorar mais e seguir seu conselho. Se ele fez tudo por mim, farei jus ao seu amor e confiança. Bruna está na casa dos avós por tempo indeterminado, minha princesa está bem e já pode voltar para casa, meus cuidados não serão tão necessários, preciso aproveitar esse tempo e resolver o que fazer. Também preciso de uma distância de Leonardo.

Ele me confunde demais, ora me olha com ternura e desejo, ora me trata como se fosse sua filha. Em uma ocasião, me beija e me acolhe, em outra, se distancia. Léo não faz por mal, apenas está tão confuso quanto eu. Não me arrependo de ter me aberto e contado tudo, confio nele, sei que ele me quis, mas a pena aliada ao extremo cuidado nos atrapalha demais.

Baguncei bastante a vida de Leonardo e não quero atormentá-lo. Ele pensa que não noto seus olhares, que não sei que ele tem colocado livros novos e atuais em sua estante porque percebeu que tenho lido, é presente, me inclui em tudo e seria tão perfeito se não houvesse tanta carga sobre nós.

Esse afastamento dirá aos nossos corações o que realmente sentimos e no fim as meninas terão de se acostumar com a separação. E se futuramente eu couber no mundo deles, volto, senão, estarei estabelecida e fortalecida para seguir.

Tudo muito bem resolvido até que Leonardo chega e o momento de lhe contar também. Olhar em seus olhos cheios de amor me desencoraja demais e me sinto mal, uma covarde querendo fugir, uma ingrata egoísta. Ainda assim, exponho meu desejo a Leonardo.

— Eu não mando em você, Olívia, tampouco tenho direito de impedi-la. Quando começou a falar, confesso que achei que estivesse ficando louca, mas entendo o seu ponto de vista, não sei se é o certo, porém entendo. Você está fragilizada, perdeu recentemente o padre que lhe era como um pai, ficou distante de sua filha, passou por um processo cirúrgico complicado, não sei se seria um bom momento ficar sozinha.

Sua resposta sempre ponderada me bambeia um pouco, e sem conseguir falar mais, eu choro.

— Ei, menina, não chore, venha aqui.

Leonardo me puxa para o seu colo e deito a cabeça em seus ombros largos.

— Não quero ser um fardo pra você, Leonardo, desde que nos conhecemos você tem sido compreensivo, paciente e cuidadoso comigo, e eu só lhe trouxe problemas.

E com essa fala, tenho a certeza de que preciso me afastar de tudo, dar um tempo, até que as coisas entrem nos eixos.

***

Alguns dias depois, contrariando Leonardo, toda a sua família, os conselhos da madre e até mesmo o meu coração, decido ir para Campo Verde. Pode ser loucura, só que preciso desse tempo, dessa independência. Eu nunca pertenci a mim mesma, sempre fui de alguém, ou de alguma circunstância. Nunca pude decidir comprar nem uma água, dormir ou acordar no meu horário. Sempre os medos e receios me subjugando.

Pode parecer egoísmo da minha parte *"pular do barco"* enquanto a tempestade acontece. Mas Bruna está bem, graças a Deus a sua recuperação está sendo maravilhosa.

Esperei o dia de sua alta e fiz tudo que pude e estive ao seu lado. Não posso levá-la comigo, com Leonardo ela terá uma qualidade de vida melhor, sem contar que ainda precisa de cuidados médicos. Bruna está morando com a avó e por mais que isso me mate por dentro, não há o que ser feito até que a justiça dê seu veredito final.

Mesmo que eu resolva ficar com Leonardo ou com quem quer que seja, eu preciso pertencer a mim, preciso optar pela decisão e não pela falta de opção. Eu sei que será difícil, estarei sozinha, mas prefiro assim. Enquanto esse processo se estende e tenho que viver a dor da ausência da minha pequena, sabendo que sua guarda provisória está com a avó, recomeçarei a minha vida, até mesmo para me fortalecer para sua volta, porque eu sei que, sim, ela voltará para mim e quero dar a ela um lar, um lugar para vir, um apoio, não só a ela, mas às minhas duas filhas. Ainda que juízes definam sobre nós, o meu coração e amor será sempre das duas meninas, minhas filhas, sim.

Laís me ajuda com toda a parte burocrática do inventário. Antes de morrer, padre Rudimar já havia feito toda a documentação sobre a casa e os imóveis, e inacreditavelmente estava tudo em meu nome, em nome de Maria Aparecida da Silva, a pobre menina que de repente ficou rica, mas essa mulher que sou hoje é a verdadeira Olívia; outra questão que Laís vem pleiteando, me ajudar na troca do meu nome.

Cada coisa de uma vez, ao seu tempo. Ainda que eu tenha herdado tudo, não me sinto efetivamente dona de nada e não é orgulho, só quero ser merecedora das coisas, e ainda irei restituir de alguma maneira os bens à comunidade e a confiança do padre Rudimar a mim depositada.

Despeço-me de cada um e é bem difícil. Converso a sós com Letícia e Laís, e elas me dão vários conselhos, se dispõem a me apoiar em qualquer decisão. Confidencio a elas o meu sentimento por Léo, e elas apenas acatam minhas ideias. Esse respeito é de um valor inenarrável. Inacreditavelmente, essa família poderia me odiar e censurar, mas me acolhe e se torna hoje parte de mim.

Janto a sós com Leonardo. Achei que seria mais fácil, mas ele balança em aceitar a minha decisão. Contrariando a sua primeira opinião, diz que se eu optei pela distância, é porque não o amo. Eu me justifico dizendo que é exatamente o contrário, que por amá-lo com toda a minha alma e coração, estou deixando-o livre para escolher. Falo que estou decidida a ir, que preciso desse espaço e tempo que será breve. Nós nos despedimos.

Abraçamo-nos e entramos cada um em seu quarto. Penso várias vezes em desistir e correr para os seus braços, principalmente por vê-lo tão chateado. Penso em tudo, por horas, até cair no sono e durmo a noite toda. Amanhece e agora, diante deste espelho, nem sei quem sou.

É, Dona Olívia, vida que segue, com dor, saudade e seja lá o que esteja sentindo, o mundo não vai parar para te esperar secar as lágrimas.

Lavo meu rosto, faço um rabo de cavalo, me encaro e digo para mim mesma: "*Você consegue, garota*".

Será difícil seguir sem o padre Rudimar, aquele que era meu apoio, amigo e protetor, mas vai ter que ser, afinal de contas, a morte e a vida são assim, uma guerra ferrenha, enquanto uma lhe tira, a outra lhe obriga a se virar. Penso que nesses oito anos em que eu o conheci, ele se tornou muito mais importante do que minha própria mãe, tão somente porque ele me amou.

A casa silenciosa, a mesa do café arrumada, nela encontro um bilhete deixado por Leonardo, suspiro aliviada por não precisar confrontá-lo logo cedo e um pouco chateada também porque não queria ficar sozinha.

Olívia, não conseguiria me despedir de você, não sou forte o bastante, sei que estou sendo covarde. Mas vá em frente, viva esse período. É necessário, você precisa se encontrar. Estarei aqui te esperando.

Deixei um telefone do motorista que irá levá-la ao aeroporto. Laís deixou as passagens na portaria. Boa viagem e um bom encontro com você mesma.

Leonardo.

Enquanto tomo café, leio e releio o bilhete umas duzentas vezes, no desejo que Léo apareça bem aqui. Tomo a minha decisão, é feia, egoísta, me julguem como quiserem, é a minha vida. Eu vou seguir os meus instintos e, claro, voltarei. Mesmo porque o meu lugar é perto das minhas filhas.

Despeço-me de Bruninha, beijo muito sua bochecha rosadinha, explico-lhe que ficarei ausente por um curto período até resolver as burocracias, da mesma maneira que expliquei ontem, por telefone para Bruna. Elas aceitam bem. Apesar do ciúmes que sinto, tenho que reconhecer que Dona Carolina tem cuidado bem de Bruna e que minha filha está feliz.

Enfim, chego a Campo Verde. Para minha surpresa, estou forte e assustadoramente confiante, cada passo que dou é o passo de uma nova Olívia, são os passos que eu escolhi dar, uma decisão tomada apenas por mim. Sinto-me adulta apesar de tudo.

Na mala, além das minhas poucas roupas, carrego esperança, entre muita saudade das minhas meninas, de Léo e sua família, saudade do convento; carrego também anseios, incertezas, mas o peso maior da minha bagagem é a fé.

Entro na casa com o pé direito. É uma casa imensa, uma verdadeira mansão, ainda mais para uma única pessoa. Toda mobiliada e limpa. O amigo de padre Rudimar deixou tudo pronto para a minha chegada. Imagino que aqui poderia ser um asilo, um orfanato, abrigaria com luxo e conforto muitas pessoas, um bom projeto a se pensar no futuro.

Minha primeira noite na minha casa, embora não tenha sido conquistada com o meu trabalho, é minha, uma herança, presente de alguém que me queria bem. Olho-me no espelho e sorrio, vejo uma vencedora, uma mulher bonita, cuja crença fortaleceu e protegeu. Que apesar de todo sofrimento, ainda é capaz de sorrir.

Tomo uma xícara de chá, ouço uma música e penso nos meus planos e no meu futuro. Adormeço no sofá sem sonhar com ninguém e sem pesadelos.

O dia amanhece lindo. Abro as janelas da casa e o sol me recepciona majestoso. Coloco um jeans, um tênis, faço um rabo de cavalo e saio em busca de um emprego. Imaginei que passaria horas a fio andando, mas o primeiro lugar que paro já dá certo.

Um café próximo à minha casa indica, em uma placa, que precisam de atendente. Me simpatizo com o local e com o dono logo de cara, ele um jovem sério e educado. Nossa empatia foi imediata, ele me contrata e saio com uma boa sensação. Vou ao mercado, faço umas comprinhas, passo na igreja, me apresento e volto para casa. Amanhã será o meu primeiro dia de trabalho e estou eufórica, enfim farei algo útil e serei remunerada por mérito, pareço ter ganhado na loteria, tamanha é a minha felicidade. Claro, que avisei que seria temporário, assim como minha permanência na cidade.

Os dias passam felizes, a minha amizade com Ricardo, o dono do café, cresce cada vez mais. Aprendo com facilidade todo o trabalho e já conheço vários rostos que frequentam o lugar. Me sinto parte deste local, é libertador ser dona das minhas decisões e da minha casa. Aqui, sou simplesmente Olívia.

Eu falo com Bruna quando Leonardo vai visitá-la, e ela me atende sempre eufórica, mas ao desligar, choro todas às vezes. Isso é muito torturante, desligamos na promessa de ficarmos juntas de novo.

Ligo para Bruninha todos os dias e a conversa com ela é mais leve, ela não sente tanto a minha falta, mas eu sinto muito a dela. Leonardo e eu falamos apenas o trivial, ele me coloca a par da recuperação da minha filha, do andamento do processo, me pergunta sobre os meus dias e só, sempre educado, porém formal. Talvez ele tenha percebido que não me ama e minha conclusão de que seu sentimento por mim fosse apenas a confusão de todo o emaranhado da nossa história. No final, acabei fazendo um favor a ele. Dói muito sua indiferença, mas meu amor por ele é forte o bastante para que eu não tenha mágoa, entendo sua posição.

Penso em padre Rudimar todos os dias e em todos os planos que fizemos, na satisfação que eu teria de cuidar dele na velhice, de sermos uma família de verdade. Infelizmente não tivemos esse tempo, essa oportunidade nos foi tirada pela morte. Eu sei que tenho que aceitar, mas é tão difícil perder quem amamos... a ausência do riso, do abraço, do apoio dele, deixam um vazio de dor.

Estou no presente, lutando pelo meu futuro, mas ainda presa ao passado, tanto nas partes boas quanto nas ruins, e isso acaba com meu psicológico. Às vezes pareço uma doida pensando tanto, como um relógio que não para nunca.

Capítulo Trinta e Um

LEONARDO

Já faz dois meses que Olívia foi para Campo Verde. Estou morrendo de saudades e penso naquela menina todos os dias da minha vida. É gozado, estivemos juntos num período de tempo tão curto e ela preencheu meu mundo como se fizesse parte dele desde sempre, não consigo pensar em um antes dela, é mesquinho com tudo o que vivi, mas é o que sinto.

Não falamos sobre nós dois desde sua partida e não está sendo fácil, a tentação de dizer o que sinto é grande, mas ela precisa desse tempo. No começo não concordei, mas aos poucos fui cedendo e percebendo que era realmente necessário. Olívia deve estar enchendo a cabecinha de caraminholas e deduções por esse meu silêncio, só que se eu for atrás dela e disser o que sinto e quero de verdade, deixará de passar por esse momento. E por mais que eu ame Olívia, preciso ter resignação e esperar.

Todos os dias, vou com Bruninha visitar Bruna, que finalmente foi registrada como minha filha e de Marcela, como a mãe biológica. A boa notícia foi que o juiz impetrou que constasse na certidão também o nome de Olívia, como mãe afetiva. Claro que, com seu nome verdadeiro: *Maria Aparecida*. Os avós maternos continuam com a guarda provisória até o fim do processo.

Optamos por chamar definitivamente a *filha* de Olívia de Bruninha, por ser a menorzinha, e a *minha filha* de Bruna. Havia a opção de mudança de nome, mas apesar da confusão dos nomes iguais, não é algo simples, demandaria um processo de adaptação desnecessário. Nós nos adequaremos.

Olívia compreenderá que fazer a alteração do registro não era uma opção, afinal não havia o que contestar e incluir seu nome na certidão — algo que era improvável e foi possível — amenizará a situação. Embora o amor de mãe que ela cunhou no coração da filha jamais se apagará, não importam os documentos.

Cada visita à casa dos meus ex-sogros é torturante. As meninas choram querendo ficar juntas. Dona Carolina, insensível, nem cede permitindo que uma venha e tampouco convida Bruninha para ficar. Ela quer projetar na neta a ausência da filha. Às vezes me compadeço dela. Bruna pergunta pela mãe sussurrando para que a avó não a escute, e eu tento da melhor maneira pedir a ela paciência, pois logo estarão juntas. Elas se falam por telefone e essa distância é parcialmente suprida. São drásticas situações que se para nós, adultos, já é complicado assimilar, imagine para uma criança de sete anos.

O processo sobre a guarda de Bruna está quase no final, é preciso apenas que o juiz entenda que não houve premeditação e que tudo não passou de uma fatalidade. Assim que provada a inocência de Olívia, de que não se atentou para um crime e que nós não nos conhecíamos, a guarda de Bruna será minha e de Olívia, pois ela não poderá ser excluída, afinal há o vínculo afetivo e pelo bem e psicológico da menina, necessitará a convivência.

Visto isso, Carolina não tem sido fácil, ela sabe que não terá chances de ficar com a neta e me ataca constantemente jogando na minha cara a morte de sua filha, cutucando a ferida. Podíamos viver em harmonia, compartilhar a criação e os cuidados com as meninas, é desnecessária essa situação. Lidar com sua ira e agressividade já é complicado para mim, imagina para Olívia, que é frágil demais. Ver seu medo me enfraquece, por isso a sua mudança veio a calhar e acabou sendo um mal necessário. Sem precisar poupá-la e preocupar-me com ela, consigo lidar com mais razão.

Laís, Vinícius e mamãe têm se empenhado arduamente. Embora estejam envolvidos emocionalmente, não quiseram delegar o caso a nenhum outro escritório. Resta-me esperar.

Não vejo a hora de tudo isso ter fim, de poder criar minhas meninas ao lado de Olívia (se ela me aceitar, é claro), de reverter o nome do registro de Olívia e a filiação do registro de Bruninha, e sermos enfim uma família no papel, na vida e no coração. Só resta isso para eu ser completamente feliz. Meu trabalho é minha grande realização, a cura de Bruninha foi minha redenção e sei que Deus quer a minha felicidade. Mesmo passando por todos esses problemas, não deixei de acreditar. Não foi à toa que nossas vidas se cruzaram.

Capítulo Trinta e Dois

OLÍVIA

É bom ter independência, esse ir e vir despreocupado é uma sensação formidável, seria perfeito se não fosse a saudade que sinto das meninas e de Leonardo, mais ainda se padre Rudimar estivesse comigo. Mas como nada é perfeito, procuro enxergar o lado bom das situações e aproveito esse tempo exclusivo.

A indiferença de Léo me mata dia a dia. Pensei ter forças, ser autossuficiente, mas não sou e não sei se um dia serei capaz de esquecê-lo ou deixar de amá-lo. Seu rosto bondoso é a imagem que vejo ao dormir e acordar.

Ricardo, meu patrão, passou a me tratar diferente, com elogios sutis, indiretas, até que me convidou para jantar; não aceitei e fui sincera em dizer que não sou capaz de me aproximar de ninguém. Não quis que ele tivesse nenhuma esperança, afinal é um moço maravilhoso, um ser humano incrível, além do café, ele cuida da pequena fazenda da família onde mora com os pais, um homem modesto e simples, de uma beleza estonteante. Pergunto-me o porquê de estar solteiro até hoje, desejo que ele encontre uma boa pessoa. Confesso que me senti lisonjeada, mas fiquei feliz em admitirmos uma grande amizade.

Minha rotina é divina. Para uns, pode parecer maçante; para mim, é uma vida extraordinária. Cuido da minha casa nos momentos de folga, trabalho no café no período vespertino e à noite frequento a escola. Estou fazendo o EJA, um curso acelerado do ensino fundamental e médio para pessoas mais velhas. A cidade é pacata, tranquila, eu sentia falta dessa acessibilidade em São Paulo, e adoraria morar para sempre aqui em Campo Verde. Lógico que se eu pudesse acrescentar três moradores comigo, me sentiria completa.

Mas preciso tomar uma decisão, pois morar aqui será inviável. Conjecturei várias hipóteses: alugar esta casa e alugar outra em São

Paulo ou alguma cidade próxima de lá, vendê-la e comprar outra, não sei. Para mim, recomeçar em qualquer lugar é mais fácil do que para Leonardo que está estabilizado, tem família, e ficarmos distantes das meninas está fora de cogitação.

Meu plano perfeito seria casar com Leonardo e viver nós quatro em qualquer lugar do mundo. Mas é um sonho que preciso parar de sonhar e encarar a realidade. Tomar as rédeas da minha vida, decisões, e seguir com maturidade. Se Leonardo pode viver sem mim, também posso viver sem ele.

Preciso dar o primeiro passo. Dizer a Leonardo que pretendo morar em São Paulo ou perto de lá, e pedir a sua ajuda, resolver o que fazer com a casa, pegar minha transferência na escola, porque sim, vou encontrar uma maneira de estudar, depois avisar a Ricardo que vou parar o trabalho e recomeçar. Essa pequena experiência me mostrou que é possível, que posso mais do que imaginava.

Capítulo Trinta e Três

LEONARDO

Eu amo essa mulher com todas as minhas forças, com tudo que tenho de mais bonito e verdadeiro. Não sou um adolescente para viver um amor platônico, acho que esse tempo foi satisfatório para Olívia perceber que é capaz de viver sozinha, que é autossuficiente e que se desejar aceitar vir comigo, será por escolha e não por falta de opção. Decido ir atrás dela. Já perdemos coisas demais nessa vida, e tempo é algo que não quero mais desperdiçar.

A ansiedade me consumiu no caminho até lá. Peguei um voo direto de São Paulo a João Pessoa, aluguei um carro e segui até Campo Verde para encontrar a mulher da minha vida.

Chego na casa de Olívia e tudo está trancado. Sento-me na varanda, com as flores na mão, esperando por ela. O tempo passa e adormeço, até que sinto suas mãos tocando meu rosto.

— Leonardo? O que está fazendo aqui? Aconteceu alguma coisa com as meninas?

Olívia chegou e eu nem percebi que já estava escurecendo. Meu sorriso se abre ao olhar para ela, ainda mais perfeita, linda. Meu coração a reconhece na hora, de tão veloz que ele palpita.

— As meninas estão bem. Eu vim por você, vim porque não suportava mais nem um dia sem te ver. Vamos lá para dentro? — Meu coração definitivamente vai entrar em colapso, não sinto algo assim, sei lá, desde que era um adolescente.

— Claro, vamos entrar. Que surpresa, você não me avisou que viria.

— Se eu avisasse, não seria surpresa. Mas é surpresa boa ou ruim?

— Boa, claro. — Ah, esse sorriso aliado à sua timidez me desarma de tudo.

Entramos e eu lhe entrego as flores. Ela agradece e sigo seus passos enquanto ela procura um vaso para colocá-las.

— Muito bonita a casa, vejo que se instalou bem.

— É linda sim, muito grande para apenas uma pessoa, mas foi fácil me adaptar. Aceita um café?

Assinto e me sento na cozinha enquanto observo Olívia preparar o café, o que na verdade é só uma desculpa para se ocupar e não me encarar. Estamos nervosos, como se um muro fosse erguido entre nós.

— Léo, porque está aqui? — De costas para mim, ela pergunta num resquício de voz, baixinho, que se não fosse o total silêncio, eu não teria ouvido. Aproximo-me e sussurro atrás dela, estática, me ouvindo enquanto arfa a cada palavra que digo:

— Porque eu te amo. Porque você me fez falta a cada maldito dia, e estava enlouquecendo de saudade. Eu soube que iria te amar assim que te vi, Olívia, e lutei contra esse sentimento, mas cada dia de convívio com você apenas reforçava o que sentia. Quando você partiu, ele me consumiu. — Sou sincero e sem rodeios. Ela se vira e me olha com seus olhos arregalados que emanam gentileza e doçura.

— Mas você não me impediu de vir, mal falava comigo e me ignorou esse tempo todo, pensei que havia confundido o que sentia com as circunstâncias, que compreendeu que não gostava de mim e, no fundo, estava aliviado. Eu nem sei o que pensar, Leonardo, sinceramente não entendo.

— Impedir sua vinda seria muito egoísmo de minha parte. Mesmo eu te querendo, não poderia te atrapalhar de viver uma etapa importante da sua vida. Quando você partiu, achei que iria desmoronar de tanta falta que me fez, então evitava falar sobre nós. Você precisava viver esse período sozinha. Mas uma coisa eu tinha certeza, eu jamais te esqueceria, tampouco deixaria de amá-la.

— Pensei que estava feliz por eu estar longe, que essa distância havia tirado de você a sensação de responsabilidade por mim.

— Nunca deixaria você. Estava apenas te dando um espaço para refletir, viver essa independência, porque eu sei que é capaz, mas você precisava entender isso também, e só a experiência lhe traria as certezas. Queria te dar mais espaço, mas confesso que não aguentei. E eu não tenho responsabilidade por você, mas quero ter, não tenho obrigação de cuidar de você, mas quero ter. Dá para entender a diferença?

Aproximo-me mais, nossos corpos quase se tocando, nossos olhares conectados em um entendimento tão íntimo, que falam tudo por nós. Abraço-a com força, com toda a saudade que senti.

— Você aceita vir comigo, Olívia? Aceita por me amar por escolha, e não por falta de opção? Eu amo você, menina.

— E eu amo você, meu menino. Amo tanto! E você só me dá mais e mais motivos para amá-lo por toda a eternidade. Léo, só queria que tivesse me dito que se importava que tivesse falado como se sentia, ao menos me perguntado como eu estava. Eu sei que tenho a autoestima baixa e preciso tratar isso, mas...

Não penso em nada, só o "eu te amo" que ela declarou basta para mim, não espero que acabe de falar e a puxo para um beijo cheio de saudade e desejo. Beijo essa mulher com a minha alma, sua retribuição e o sentimento de paz que explode em meu peito confirma o que eu sabia, ela é minha.

Após o beijo explosivo, conseguimos nos recompor, sentamos e conversamos, sem deixar de nos tocar e sorrir um ao outro. Decidimos que daqui para frente o que for sentido deverá ser verbalizado, independente de qualquer coisa, para que os *achismos* não nos façam sofrer, afinal, nenhum de nós merece mais sofrimento. Olívia me conta como foi sua trajetória, como se sentiu, e confesso que sabia de tudo, pois minhas filhas e irmãs eram as "fofoqueiras", eu jamais ficaria sem notícias dela.

Conto-lhe o quanto Bruninha está saudável e que a cada retorno ao hospital e repetição de exames o médico se regozija em vê-la melhor. Falo das visitas para Bruna e o quanto está cada dia mais bonita. Deixo para falar sobre o registro quando estivermos lá, agora só quero motivos bons e felizes. Desabafo o quanto ela faz falta em nossas vidas e como aquele apartamento ficou vazio sem a sua presença.

— Léo, coincidência ou destino, não sei, ontem mesmo eu tinha decidido te ligar para avisar que eu iria voltar. Eu amei tudo o que vivi aqui, mas a minha felicidade está em São Paulo, e independente de nós dois, eu iria por mim e nossas filhas. Agora tenho mais que motivos para ir, tenho razão.

— Era isso o que eu queria, Olívia, que você viesse por si porque é capaz, porque tem escolha. E isso vai continuar assim, vou apoiá-la para estudar, trabalhar, em tudo o que você escolher para si.

Cansados, resolvemos dormir. Para minha alegria, Olívia me convida para deitar com ela e isso é demais, porque não tem nada a ver com sexo e sim com confiança. Claro que eu quero tê-la como mulher, mas não tenho pressa.

Enquanto estou falando, Olívia pega no sono e eu me aninho ao seu lado. Adormecemos abraçados e só acordamos com a luz do sol entrando pelas frestas da janela. É tão bom estar com Olívia e muito reconfortante tê-la protegida em meus braços.

Após muita discussão, finalmente ela aceita ligar para o café onde trabalha e dizer que faltará hoje. Como já havia me avisado no dia anterior, que deixaria de trabalhar em breve, ela não queria faltar, mas fui persistente, dizendo que merecíamos um dia só nosso.

Só que após algum tempo da ligação, a campainha toca e o que eu não esperava era a visita do seu "patrão" e nem que ele fosse jovem e bonito, o que despertou em mim um ciúme que nunca pensei sentir. Disfarço na cozinha fingindo estar ocupado, porém atento a eles, até que vejo o idiota abraçando a minha mulher, sim, minha mulher, fico cego e preciso ter muito autocontrole para não colocá-lo para fora.

— Quando ligou avisando que não iria fiquei preocupado, afinal você é sozinha. Precisa de alguma coisa? Quer ir ao médico?

Não aguento a intromissão desse cara e antes que Olívia lhe responda, eu entro na sala e me intrometo na conversa, muito puto da vida:

— Olha, meu amigo, obrigado por sua atenção com a minha noiva, mas eu ficarei aqui com ela até que possamos voltar para São Paulo. Você pode ir e não precisa se preocupar.

Ele arregala os olhos quando me vê e sinto o olhar de Olívia me queimando. Sei que extrapolei o bom senso, mas foi mais forte do que eu. E que se dane, esse cara precisa saber o lugar dele.

— Noiva? Olívia nunca me disse que tinha um noivo. Afinal, depois de meses sozinha neste lugar, que tipo de noivo deixa a mulher à própria sorte?

— O tipo de noivo que não pediu a sua opinião. Obrigado por sua atenção, mas Olívia precisa descansar agora, e outra coisa, ela já te avisou que não vai mais trabalhar, não é? Nós temos nossas filhas nos esperando e vamos para São Paulo.

— Filhas? Você tem filhas? Por que nunca disse nada? Está tudo bem, Olívia?

Sua cara de assombro é hilária e tenho vontade de gritar para ele sair, mas até eu me espanto por Olívia não ter mencionado as meninas para ele.

— Parem vocês dois — Olívia diz e nós paramos para observá-la. — Parem de falar como se eu não estivesse aqui. Olha, Ricardo, obrigada por seu carinho e amizade, eu não vou deixá-lo na mão como eu te disse, espero até que arrume outra pessoa. E eu tenho filhas, sim, só não achei que fosse relevante em meu currículo e não, não tenho um noivo, ao menos não que eu saiba. É tudo muito complicado e outra hora te explico, Ricardo. Agora, vocês dois me deem licença que eu preciso deitar, estou passando mal.

Só isso. Ela nos deixa na sala nos encarando e medindo forças, até que o babaca ergue uma sobrancelha de modo arrogante e vira as costas pra mim. Não diz mais nada, e eu nem queria mesmo ouvir a sua voz. Subo para o quarto atrás de Olívia e estaco quando a vejo deitada tão indefesa, chorando mais uma vez.

— Ei, mocinha, você vai desidratar de tanto chorar, o que foi?

— Leonardo, nunca mais responda algo por mim. Eu passei minha vida toda sendo o que queriam que eu fosse. Não faça isso comigo, você não, por favor...

— Me desculpa, Olívia, fui um imbecil, jamais tive a intenção de magoá-la, só que fiquei louco de ciúmes quando aquele cara apareceu, e também, na minha cabeça, imaginei que você fosse a minha noiva.

— Ciúmes? Dessa parte eu gostei. Mas não precisa ter ciúmes, Ricardo é só meu patrão e um bom amigo, e, aliás, como posso ser noiva de alguém se não houve um pedido de casamento?

— Gostou? Pois saiba que eu nem me reconheci de tanto ciúmes que senti, eu nunca havia tido esse sentimento antes. E, amigo? Aquele homem está louco por você, Olívia, e nem posso condená-lo, você é maravilhosa, mas já é minha.

— Sou, é? Não me lembro de ter me entregado a você.

— Ah, mas vai... Um dia, Olívia. Eu sou paciente. E sobre a questão do noivado, fui mesmo um idiota de não ter feito o pedido em voz alta, porque desde que pisei aqui meu coração fica me perguntando: será que Olívia ficará comigo? Volte como minha mulher e, sim, haverá um pedido de casamento. Mas você merece algo especial.

Ela diz "sim" num gesto de cabeça que balança as minhas emoções e tomo seus lábios numa fúria e ânsia desesperadas, mantendo um controle sobrenatural para não tomá-la por inteiro neste momento. Eu preciso dessa menina, dessa mulher. Mas será algo singular e mágico, como merecemos. No tempo certo, sem nada de problemas sobre nós.

Capítulo Trinta e Quatro

OLÍVIA

Então decido voltar com Leonardo, não como um peso, mas como a sua mulher, para lutar ao seu lado por nossas filhas e a nossa felicidade. A pessoa que me recebeu por indicação do padre Rudimar quando cheguei a Campo Verde, o senhor Nestor, dono de uma imobiliária, é quem ficará incumbido de cuidar de todos os detalhes para mim. Entrego as chaves da casa e confio nele assim como o padre confiava. Em dois dias, resolvo tudo: arrumo minhas malas, doo os alimentos que comprei para a igreja, encerro a matrícula na escola, despeço-me das poucas pessoas conhecidas e esclareço as coisas com Ricardo. Conto a ele toda a minha história. Eu não precisava, mas senti que devia a ele, por todo carinho e confiança que depositou em mim. Só fico chateada de sair da cafeteria antes do prazo que combinamos, mas ele me entende. Fico com a sua promessa de que conhecerá as minhas filhas qualquer dia. Apesar do curto espaço de tempo, me afeiçoei a ele e a algumas outras pessoas, portanto é inevitável sentir uma pontinha de nostalgia e saudade antecipada.

Léo pede que o escritório de sua mãe cuide da minha herança explanando que farão tudo de acordo com o desejo do padre Rudimar, de modo que parte da renda seja destinada a mim, propiciando-me certa independência e segurança. Mal sabe ele que seu peito é todo o porto seguro do qual preciso.

Eu sei que o meu drama às vezes me torna uma pessoa chata e até difícil de conviver, todo mundo pisa em ovos comigo, tipo *"Oh, coitadinha!"*, ou sou eu que às vezes acabo vendo as coisas pelo lado errado, como se todos estivessem rindo, sentindo pena ou me ridicularizando.

Quero mudar isso, não quero mais ser vítima do meu passado, afinal ele ficou para trás e resgatá-lo é sofrido e desnecessário. Teoricamente é perfeita essa tese, mas como não temos o botão de *liga, desliga*, opto por começar a terapia assim que me estabilizar em São Paulo, uma indicação que Léo sempre fez, mas que eu me opunha para não lhe dar mais gastos. Agora tenho como pagar e não será um favor de ninguém e nem por ninguém, o farei por mim. Porque pior do que alguém sentir pena de você, é você mesma sentir. Não posso e não quero mais ser a vítima, a indefesa sem eira e nem beira.

Esse processo de valorização é difícil para uma pessoa machucada que sofreu abusos como eu sofri. A autoestima subjugada a cada instante, contudo acredito que vou superar esses traumas, afinal reconhecer é um grande avanço, além do que a vida foi muito generosa comigo, e é nesse lado positivo que devo me ater, ao apoio e a cada um que me amou de verdade, principalmente Leonardo, que me ama de um jeito tão grande e intenso, justo a mim, que me estimava incapaz de ser amada.

É, Dona Olívia, futuro renovado é o que você e as suas filhas precisam.
Hoje nasce uma nova Olívia.

Antes de irmos a João Pessoa pegar o voo de volta para São Paulo, aproveitamos a curta distância e o carro alugado por Léo para visitarmos o convento em Altinópolis. É uma grata surpresa para todas, e ao abraçá-las, me dou conta da saudade absurda que estava de cada uma. É nostálgico olhar tudo, parece que foi em outra vida que essa era minha casa.

Conto tudo para a madre Tereza, desde o dia em que cheguei a Campo Verde, tudo o que o padre Rudimar deixou preparado, a escola, os amigos, enfim, conto que cresci dez anos em alguns meses e que estou preparada para recomeçar. E é óbvio que conto sobre o pedido subentendido que Léo me fez sobre nos casarmos. É nítida a sua alegria por mim.

Despeço-me de cada uma dessas mulheres fantásticas que cuidaram de mim e mais uma vez agradeço por tudo. Acho que o infinito seria pouco para o tanto de gratidão que carrego no peito.

Abraço a minha pequena Bruninha e choramos muito, realmente é impossível ficarmos longe uma da outra. Ouço com todo amor ela me contar sobre como está bem e de seu retorno à escolinha. Leonardo intercede, mas Dona Carolina não libera a minha visita para Bruna, o que esmaga o meu peito.

Reencontro todos da família de Leonardo e mais uma vez sou recebida com afeto e sem julgamento por ter ido embora. Eles são demais. Minha família.

Léo me contou, antes de aterrissarmos em São Paulo, sobre a alteração na certidão de Bruna. Não foi fácil aceitar, mas tudo bem, não é um papel que efetivará a nossa relação. Até que o saldo do meu erro foi ínfimo.

Enfim, vamos para casa, ajeitamos nossas coisas e Léo me rouba um beijo na boca em frente ao quarto antes de deitarmos. Decidimos dormir separados, ainda não expomos a nossa relação, e é prudente mantermos sigilo até que a guarda de Bruna seja oficializada.

No dia seguinte, acordo tarde. O cansaço pela viagem e por tudo o que aconteceu nos últimos dias cobra o seu preço e eu literalmente desmaiei. Léo já saiu para o trabalho e levou Bruninha para a escola. Encontro Dona Joana, a querida funcionária do Leonardo, na cozinha e a sua euforia ao me receber arranca-me suspiros de alegria.

— Ô, menina, você fez muita falta aqui. Doutor Leonardo estava numa tristeza só.

— Ah, Dona Joana, vocês todos fizeram muita falta e também fiquei triste sem o Léo. — Conversamos sobre várias coisas, ela é uma pessoa tão especial.

Encontro um bilhete de Léo pregado por um imã na geladeira, me convidando para almoçar. Sorrio.

Se eu almoço com você, doutor Leonardo? Acho que não tenho muitas opções, afinal de contas! Confirmo o almoço com uma mensagem. Retiro a mesa do café, lavo as louças contrariando Dona Joana, o que não leva nem meia hora. Quero me ocupar para não ter tempo de pensar. Doce ilusão, nas três horas que se seguem, é só o que faço: pensar, pensar e pensar.

O porteiro avisa que Léo me aguarda lá embaixo. Desço no elevador com o coração a mil por hora, batendo de alegria, de saudade "desse nós". Como me fez falta esse carinho!

Cavalheiro como sempre, ele já está do lado de fora para abrir a porta para mim. Sorrio e sou encarada dos pés à cabeça. Me arrepio inteira com o seu olhar intenso. Entro e ele bate a porta do passageiro. Volto a respirar, cinco, quatro, três dois, um, pronto. Ele entra no carro e não respiro de novo. *Ai, Léo, por que tenho que te amar tanto?*

— Linda.

— Oi?

— Linda, ué, eu disse que você está linda, Olívia.

— Como assim? Você me olhou? Estou de tênis, jeans e rabinho, onde há beleza aqui, Leonardo?

— Em você inteira, nos seus olhos. Você é linda, Olívia. E já falei mil vezes sobre como recebemos um elogio, não é?

— Verdade, obrigada, e você também está lindo. Como foi hoje no hospital? — Mudo de assunto antes que eu me atire em seus braços. Nós gostamos de falar da sua profissão e durante todo o trajeto até o restaurante, ele vai me contando da cirurgia que fez e como tudo ocorreu.

— Queria ser professora ou enfermeira desde pequena.

Léo me olha curioso. Putz! Pensei em voz alta, nunca havia dito isso para ninguém. *Ah, Olívia, boca grande.*

— Sério? Quer mesmo ser enfermeira ou professora? Aliás, precisamos te matricular para que volte aos estudos.

— Hum, hum, mas não gostaria mais de ser nenhuma das duas coisas, embora ache as profissões lindas, gosto muito de cozinhar, então queria algo no ramo. — Só digo isso no momento e encerramos a conversa.

Almoçamos tranquilamente e Leonardo toca no assunto que mais temo em minha vida, meu tenebroso pesadelo desde que o reencontrei.

— Olívia, a audiência final é depois de amanhã. Precisamos ser fortes, querida.

— Estou com medo, Leonardo. Se Dona Carolina tirar a minha filha de mim, eu não vou aguentar, aliás, não consigo mais sem elas, ir embora e deixar uma delas para trás... é impraticável trocá-las, é impossível tudo isso e eu fui a causadora de todos esses males.

— Olívia, o que aconteceu foi um erro, uma imprudência, uma fatalidade, chame como quiser. Talvez fosse o destino, realmente não sei, só não importa mais o porquê, importa o agora e estamos juntos mais do que nunca.

— Sim. Desculpe, desculpe de verdade, é o medo falando mais alto nessas horas e o pânico me domina.

— Nós vamos vencer, enfrentaremos esse júri, mais essa etapa, assim como vencemos a doença da Bruninha, e depois vamos pensar em nós.

Ele pega em minhas mãos e tenho certeza que estamos juntos, sim. Sorrio.

Capítulo Trinta e Cinco

LEONARDO

Chegou o dia da bendita audiência. Ontem, eu e Olívia nos preparamos psicológica e espiritualmente; fomos caminhar, conversamos bastante e frequentamos a igreja. Ela está mais calma, eu também.

Deixamos Bruninha em casa com a nossa funcionária, pois todos da minha família estariam no Fórum.

Foi desconfortável o encontro com Dona Carolina que, irredutível, nos ameaçou e desafiou ali mesmo, na frente dos advogados.

Optamos por nos calar, embora por dentro tremêssemos de raiva e ansiedade.

Fim da audiência. Caso encerrado. Sorrisos e abraços trocados.

Vencemos.

Dona Carolina chora nos braços do marido e eu vou até ela. Talvez tenha me precipitado, todavia a sua dor não me deixa feliz, muito pelo contrário, na verdade não há vencedores.

— Dona Carolina, eu sei que está magoada e com raiva, mas essa audiência não anula a sua importância na vida de Bruna. Ela será sempre a sua neta e a senhora tem toda liberdade de visitá-la, o convívio de vocês é irrestrito. Eu vou buscar a minha filha, mas caso queira ir na frente para ter um momento com ela, eu espero.

— Tudo bem, Leonardo, me dê umas horas, obrigada. — Pela primeira vez, sua arrogância se esvai.

Volto para Olívia.

— Como assim, Leonardo, você deu umas horas para essa mulher? Ela nunca permitiu que eu fosse ver a minha filha! Estou há meses sem vê-la, morrendo de saudade! Não aguento nem mais um segundo e você vem com essa de horas? — Olívia diz com raiva.

— Meu amor, nós não somos como ela. Vamos dar esse tempo, quem esperou meses, espera mais algumas horas. Enquanto isso, que tal irmos comprar um presente para as nossas meninas e buscarmos a Bruninha para estarmos todos juntos?

— Você tem razão, Léo, desculpe a minha infantilidade — ela admite.

— "Meu amor", é?

— Sim, ainda vou gritar ao mundo: MEU AMOR.

Despedimo-nos da nossa família entre abraços e lágrimas de felicidade, agradecemos por todo o empenho que puseram no caso e marcamos um jantar para amanhã, em comemoração a tantas bênçãos recebidas. Hoje, precisamos ficar sozinhos.

Mais uma batalha vencida.

Capítulo Trinta e Seis

OLÍVIA

Felicidade me define, aliás, a nós, pois eu e Léo não conseguimos fechar a boca de tanto sorrir. A nossa filha voltará para nosso lar e nossos braços.

Ligo para Madre Teresa e lhe conto sobre a definição da guarda. Sabiamente ela me aconselha sobre algumas coisas e garante estar muito feliz por nós. Desligo o telefone prometendo ir visitá-la em breve. Ah, como eu a amo! Inevitavelmente, elevo meus pensamentos a padre Rudimar e sorrio, pois sei que era exatamente isso que ele estaria fazendo diante dessas notícias.

Passamos em uma loja de brinquedos e compramos um "pônei" para cada uma das meninas. É um brinquedo da moda todo colorido, que elas desejavam bastante. Pegamos Bruninha e rumamos até a casa de Dona Carolina para buscar a nossa outra filha.

Aguardamos do lado de fora para não atrapalharmos o momento deles, e após angustiantes minutos, o senhor Roberto surge com a neta e mal espero o portão abrir para correr em direção à minha filha amada.

— Mamãe, mamãe! — ela grita enquanto a rodopio no enlace mais forte do mundo. Logo, Léo e Bruninha se abraçam a nós e somos apenas alegria.

No caminho, Bruna me pergunta se eu me importo que ela ame muito a *"avozinha nova"*. Claro que, apesar do "ciúme", explico à minha filha que podemos amar várias pessoas ao mesmo tempo e que isso não diminui o que sentimos pelas outras pessoas. Tenho orgulho da minha filha, uma criança amável, que se preocupa com todos.

Decidimos ir direto para o apartamento, temos muitas coisas para contar, o presente delas para dar e esse momento será nosso, nada irá nos atrapalhar.

É um falatório sem fim, elas estão com saudades uma das outra, querem saber de mim na outra cidade, como era a casa. Bruna quer todos os detalhes de Bruninha, desde a cirurgia até o retorno à escola, e Bruninha quer saber como foi para a irmã ficar na casa da vovó. Pedimos pizza para ninguém sair daqui, são muitas questões e saudade para sanar.

É a noite mais feliz da minha vida. Deitada no chão da sala, todos embolados, vendo o sorriso das meninas, os pacotes de presente rasgados no chão, os pratos de pizza sobre a mesa, uma grande bagunça organizada... Estão todos em seus devidos lugares.

Para fechar com chave de ouro, Léo anuncia, silenciando-nos:

— Atenção, meninas, eu também tenho algo importante a dizer, ou melhor, tenho um pedido muito formidável a fazer. Vocês aceitam que eu namore a linda mamãe de vocês?

— Siiiiiiiiiiiiiiiiiiiiiiiiiiim.

E são mais alguns instantes de algazarra, de todos embolados.

— E a minha opinião, não interessa não?

— Diz que sim, mamãezinha! — as duas sapequinhas gritam juntas, unindo as mãozinhas em súplica.

— Siiiiiiiiiiiiiiiiiiim! — eu grito bem alto para que elas ouçam, para que Léo ouça e para que finalmente a vida ouça. Sim, eu serei dele. Sim, eu serei feliz.

Dormimos na sala. Ninguém tem pesadelo, somos os sonhos uns dos outros.

No outro dia acordo cedo, mas todos já saíram. Eu não consigo parar de sorrir. Flutuo pela casa num surto de felicidade sem fim. Uma das minhas meninas curadas, a outra definitivamente comigo... e Léo, meu namorado.

Sério mesmo? Isso tudo é para Maria Aparecida da Silva? Em breve Olívia da Silva, afinal a minha "agora" cunhada já conseguiu essa vitória. Mil vidas seriam insuficientes para eu agradecer a essa família.

Hoje teremos o jantar em comemoração à guarda da Bruna e será na casa dos pais de Léo. Estou um pouco afoita, afinal entrarei lá como namorada do filho deles, e não sei qual será a reação de cada um, porque uma coisa era eles me tratarem bem enquanto eu era uma *amiga*. Bem, já passei por tanta adversidade que tudo agora é fichinha.

Dou-me ao luxo de ir a um salão que fica no mesmo quarteirão aqui do prédio do Léo. Claro que só vou porque é aqui do lado, eu ainda não tenho noção de como andar nesta cidade. Já passei por ele várias vezes e sempre sonhei em entrar, tenho algumas economias e farei algo por mim. Acanhada, entro temendo o preço, o atendimento, mas saio surpreendida com tamanho carinho e amabilidade com a qual fui tratada e ainda por ter pagado um valor justo. Ganharam uma nova cliente. Sempre que puder, voltarei ali, estou me sentindo poderosa, linda.

Cortei os cabelos um pouco abaixo dos ombros, hidratei e escovei, e eles fizeram cachos nas pontas. Ficou leve, brilhoso, longe daquele cabelo maltratado que só via shampoo. Aproveitei e depilei. Ouvi as irmãs do Léo várias vezes falando sobre isso, eu temia muito, além de morrer de vergonha, mas a depiladora me deixou tão à vontade que criei coragem. Doeu pra burro, só que o resultado foi fantástico. Fiquei em choque.

Tomo um banho e coloco uma roupa que ganhei da Letícia. Na ocasião em que ela me deu, disse que comprou e ficou apertada, que não tinha provado, só que a roupa cai como uma luva e sei que foi escolhida pra mim. A espertinha sabe que eu não aceitaria presentes. É uma saia preta mid drapeada e uma blusa coladinha estampada de flores com tons vermelhos e preto. É a primeira vez que uso. Como eu não tenho salto alto, apelo por uma sandália rasteira. Passo um brilho nos lábios e pronto. Eu estou diferente, bonita, feliz.

"— Eu só estou aqui porque você é linda!"

Aquela voz nojenta ecoa em meus pensamentos. Sinto uma pontada no peito e antes que uma lágrima caia, eu a enxugo. Chega.

Olho para dentro dos meus olhos através do espelho e digo, confiante:

— Você é linda sim, Olívia. E isso não é errado. Você não tem culpa de nada. Nunca teve.

— Oi.

— Aiiiii. — Léo entrou de supetão no banheiro e eu levo um baita susto, sem contar na vergonha que fico de repente.

— Desculpe pelo susto, achei que você tivesse ouvido o barulho da porta... ei, espera, cadê a Olívia?

— Você estava aí faz tempo? Ouviu as coisas que eu disse? Como assim, "cadê a Olívia"?

Encho Léo de perguntas e ele me abraça por trás. Ergue meu queixo em direção ao espelho e enquanto olhamos intensamente o nosso reflexo, ele sussurra ao meu ouvido:

— Ouvi e concordo com cada palavra. VOCÊ É LINDA E INOCENTE. Olhe para o espelho e veja a mulher fantástica e forte que eu vejo.

Ele me vira de frente, fazendo nossos corpos ficarem colados, e então me beija.

— Perguntei onde estava a Olívia num ímpeto de brincar, porque você está ainda mais linda do que eu me lembrava. Os cabelos estão diferentes, cortou?

Conto pra ele do salão e ele fica muito feliz, diz que eu posso ir sempre que quiser, que devo comprar roupas, que ele me dará o mundo. Digo a ele que irei no salão somente quando precisar, mas que aceito comprar roupas para mim e as meninas. Caramba, acabei de ter uma opinião e aceitei receber algo. Um ponto pra mim.

Depois de todos se prepararem e eu receber muitos elogios das minhas meninas, chegamos à casa dos pais do Léo. Léo une nossas mãos num aperto forte e eu sei que teremos que contar sobre o namoro, mas antes que eu ponha os pés dentro da casa, já ouço as meninas dando a notícia. Quero sair correndo de vergonha. Léo percebe a minha reação, puxa a minha cintura e entra, anunciando:

— Família Dutra: essa é oficialmente minha namorada, acho que vocês já conhecem a Olívia. — Todos sorriem e se levantam em nossa direção.

E entre abraços calorosos e votos de parabéns, sou acolhida mais uma vez por eles.

O jantar está sendo fantástico, não paira nenhum problema sobre nenhum de nós, temos motivos de sobra para comemorarmos. Depois do jantar, os homens e as crianças vão para o jardim e as mulheres para a cozinha arrumar a bagunça. A mãe de Léo me surpreende:

— Olívia, eu quero que saiba que estamos muito felizes com a escolha do nosso filho, você é uma boa moça e faz o meu Léo sorrir a cada instante, e isso é maravilhoso. É mais do que uma mãe pode desejar.

— Sim, cunhada, bem-vinda — Laís diz.

Já Leticia levanta e me abraça, diz o quanto está feliz e nem um pouco surpresa, pois tinha certeza que nascemos um para outro.

— Obrigada. Vocês três são maravilhosas, são mulheres admiráveis, eu sei que não estou à altura de Léo, não tenho estudos e...

— Nunca mais fale isso, menina — a mãe de Léo me corta com altivez. — Nunca mais, entendeu? Não é um estudo ou bens materiais que medem o valor de uma pessoa. Então, Olívia, você está à altura do meu filho sim, nem abaixo, nem acima, igual, principalmente pelo coração bondoso que ambos têm. Mas se um dia quiser estudar ou trabalhar por você e por mais ninguém, terá todo apoio da sua sogra aqui.

Será redundante falar o quanto eles são perfeitos demais, maravilhosos demais? Pareço estar sonhando.

Capítulo Trinta e Sete

LEONARDO

O final de semana chega e eu estou ansioso e eufórico. Peço que Letícia convide as meninas para um passeio e preparo uma surpresa para Olívia. Passamos a ter um pouco mais de intimidade depois do namoro anunciado há quinze dias, toques e beijos trocados, mas ainda não ficamos sozinhos, então hoje quero tudo para nós.

Pareço um menino na frente de Olívia. Apesar da minha idade e maturidade, fico suscetível ao seu lado e tento explicar isso a ela todas as vezes que demonstra fraqueza perto de mim, porque cada vez que se sente assim, revela sua insegurança em relação a nós dois e isso me fere; tenho tanto medo de perdê-la e me irrita o fato de ela pensar que é insignificante. Nunca, jamais! Ela começou a fazer terapia e depois de algumas sessões, está mais confiante.

Preparei um jantar fantástico para que ela se sinta especial. Sei que sua reconstrução como mulher não será fácil, ela vai precisar de muita confiança em si mesma para começar a confiar novamente nas pessoas, principalmente nas que ela vier a amar, porque foi aí que ela mais se machucou na vida, pelas pessoas que mais amou. Quero que ela leve a sério a terapia, pois aliada ao meu apoio e nossa religião, vai acelerar bastante o processo de cura.

— Hum... Um jantar à luz de velas, uma mesa tão linda. É algum dia especial? Alguma comemoração que eu desconheço, doutor Leonardo?

Ela se aproxima com seu perfume adocicado e meu coração acelera como um adolescente apaixonado. Bem, não mais um adolescente, mas apaixonado, sem dúvida. Arrumei as coisas correndo enquanto ela tomava banho.

— Sim, Olívia, é um dia especial, aliás, todos os dias são especiais com você aqui. Quis fazer um jantar romântico. Passamos por tantas coisas, tudo o que vivemos foi intenso e ainda não conseguimos estabelecer uma rotina íntima, então aproveitei que as meninas estão com a Letícia, e que teríamos todo o final de semana a sós, para realmente nos encontrarmos, para estarmos juntos de verdade.

Ela cora, o que sempre me deixa encantado. Puxo a cadeira para que se sente e, em silêncio, ela observa os meus movimentos.

Sirvo-nos de um vinho e adoro a careta que ela faz cada vez que bebe algo alcoólico.

— Argh! Acho que nunca vou conseguir me acostumar a beber essas coisas amargas, por mais caras e sofisticadas que vocês digam que são, prefiro meus sucos de uva.

— Acostuma-se, querida, mas se quiser, beba suco. Faça sempre o que quiser, Olívia, não deixe que lhe ditem regras, você pode permitir-se aceitar, provar, seja comida, bebida e até situações, mas não precisa dar continuidade a nada que não lhe apraz.

— Eu quero tomar esse vinho, acho que ele me deixa um pouco mais corajosa.

— E você precisa de coragem para estar comigo? Assim você fere o meu ego — brinco.

— Não preciso de coragem para estar com você, preciso de coragem para me segurar quando estou com você. — Adoro quando Olívia *solta* alguma sedução, paquera, ainda que imperceptível.

Após jantarmos e conversarmos realmente como duas pessoas que estão em um encontro, puxo Olívia pelas mãos e a levo até a sala. Ligo a caixa de som onde deixei a música *Perfect,* de Ed Sheeran, preparada para dançarmos. É como mágica, um amor tão forte e pungente pairando neste lugar e misturando-se com o aroma e a penumbra das velas.

Olívia deita a cabeça em meu peito, tão pequena, diante de mim; encurvo-me e traduzo a música em seu ouvido para que entenda que eu a separei especialmente para ela. Envolvidos na situação, nossos corpos se convidam ao toque.

Suas mãos sobem por debaixo da minha camisa e as minhas fazem o mesmo sob a dela. Nossos toques viram desejo estimulando a paixão, é como se nos pertencêssemos a vida toda.

Eu receio por Olívia, sei que entregar-se não será fácil, já tivemos outras situações em que o pânico a dominou e não quero que exista nada entre nós. Nem medo, nem lembranças do passado, quero que ela esteja inteira pra mim. Com toda força que ainda resta, me afasto para que a gente pare e me surpreendo quando, sussurrando e apertando-me num abraço, ela diz:

— Léo, não se afaste, não mais, não posso permitir que a maldade que outrora me impuseram atrapalhe a maravilha que estou sentindo, não posso mais admitir que aquele passado me condene, me prive de ser feliz, eu só sinto muito por ele ter tirado de mim a chance de escolher a minha primeira vez e a pureza. Preciso de liberdade e só você tem a chave que pode me salvar.

— Olívia, só você pode se salvar, não faça nada para vencer o mal, faça para vencer a si mesma, nada poderia me deixar mais feliz e não há nada que eu queira mais no mundo que não seja você. Mas precisa ter certeza que quer o mesmo por amor e não por dor. E preste atenção, quando decidir, será sim sua primeira vez, aquilo não significou nada, ele não lhe roubou o amor e o desejo. Apanhou sua pureza, só que sua força a restituiu e tenho um orgulho do caralho de você, menina.

— Ei! Você falou palavrão, senhor certinho. Eu sei, tenho certeza que quero ser sua por inteiro e não quero pensar em mais nada. Me tome e me devolva, Léo.

E não resisto mais. Pego Olívia no colo, surpreendendo-a, e sem deixar de encará-la e sorrir, levo-a até meu quarto e a deposito na cama como se fosse uma flor, com delicadeza.

— Olívia, eu sou o homem mais feliz do mundo por ter sido o escolhido para ser o seu primeiro... seu primeiro amor, seu primeiro homem, e quero que saiba que também escolho você hoje para ser a minha eterna. Minha única. Eu te amo tanto.

— Também te amo tanto, Léo, que chega a transbordar, não tenho mais medo, você é meu porto seguro, agora pare de falar e me beije até que eu exploda de amor.

E a beijo, beijo e beijo, cada pedacinho do seu corpo lindo, uma Afrodite, delicada e sensual. Deito meu corpo sobre o corpo dela olhando diretamente em seus olhos, atento às suas emoções, para decifrar se há alguma dúvida e ter confiança se haverá prazer.

— Diga, meu amor, se doer seu corpo ou suas lembranças, diga que eu paro, é você quem manda.

E então, depois de todas as preliminares, de sentir sua excitação e desejo, eu a penetro sem em nenhum momento deixar de olhá-la. Invisto com calma, fazendo com que ela se sinta amada e respeitada. Repetimos, enquanto nos olhamos, o quanto nos amamos. Falamos ao mesmo tempo e o tempo todo. Explodimos juntos em um gozo extraordinário que cessa as nossas forças. Sorrimos um para o outro com tanto carinho. Acabei de entregar minha alma a essa mulher e sei que ganhei a dela. Foi mais que corpos, foi mais que sexo, foi uma entrega completa de nós.

Viramos um de frente para o outro. Olívia sorri, tímida e totalmente feliz, o que dispara meu coração. Acaricio seus cabelos, pergunto se está tudo bem, apontando para sua cabeça e seu coração.

— Sim, estou bem, muito bem, aliás. Quando você me abraça, a dor se esvai, quando você me beija, a força me toma. Eu pensei que jamais pudesse sentir prazer, mas as sensações que ainda estão fervilhando dentro de mim acabam de dizer que sim. Você me devolveu meu amor.

A felicidade paira no ar, é quase possível tocá-la. Beijamo-nos com fervor para selar a nossa primeira e eterna primeira vez.

Capítulo Trinta e Oito

OLÍVIA

Depois da minha primeira vez com Léo, o medo se dissipou. Nunca imaginei que algo que só me trouxe dor e pânico um dia pudesse me trazer alegria e paz. Sim, quando Leonardo me toca, a paz me toca também. Parece que sou uma nova pessoa, aliás, acho que a única ligação que tenho com o meu passado são as irmãs do convento, que ficaram maravilhadas e apaixonadas ainda mais por Léo, quando ele me levou lá outro dia para anunciar nosso namoro e pedir a aprovação delas. Foi tão lindo.

Mantemos uma rotina familiar, embora eu ainda durma sozinha, pois quero estar casada para assumir o mesmo quarto com Léo perante as meninas, por isso os nossos encontros são às escondidas.

Nosso sexo é muito bom e a cada dia eu me sinto mais leve e solta. Léo não deixa nunca de se preocupar comigo, cuida de mim com o seu olhar atento a cada suspiro que eu dou, a cada movimento, me reverencia com seu amor, me fez enxergar beleza e até pureza em um corpo e um rosto que antes eu desprezava, pois a sensação que eu tinha em me olhar era a do pecado.

Ah, santa depilação que me "salvou" na minha primeira vez e hoje se tornou um hábito! Um dia desses contei para Letícia e ela morreu de rir, afinal foi ela que me instruiu sobre esses cuidados e tantas outras dicas. Minha cunhada se tornou minha grande e verdadeira amiga, somos confidentes e muito unidas, e é uma via de mão dupla, ela também tem os seus problemas e os divide comigo. Nós tivemos uma empatia fantástica, ela é linda e me faz lembrar demais o Léo com o mesmo rosto marcante, olhos e cabelos negros. Já vi Letícia vestida com o seu traje de toga da magistratura, o que a deixa ainda mais poderosa. Uma mulher com inteligência e beleza fenomenais, porém o que a deixa mais bonita é o seu coração, que como o do irmão, é de pura bondade. Também me dou bem com Laís e minha sogra, mas elas são mais comedidas. Com a Lê, consigo ser eu mesma.

As meninas estão de férias escolares. Felizmente, após uma prova e intervenção pedagógica, Bruna conseguiu entrar na mesma sala de Bruninha e não tem nenhuma dificuldade, muito pelo contrário, a menina é inteligentíssima e ninguém diria que nunca havia frequentado uma escola. Sua companhia também incentiva a irmã a estudar com mais entusiasmo.

Enfim, as tão sonhadas férias chegaram e elas estão eufóricas para descobrir onde será nosso passeio. Confesso que eu também. Léo resolveu manter segredo, pergunto todos os dias, mas ele está sendo firme. Nunca viajamos nós quatro, aliás, os únicos lugares que conheço são Santa Graça, Altinópolis e Campo Verde, a capital João Pessoa (apenas do aeroporto) e São Paulo.

Acordo superfeliz e quase surtando. O dia amanheceu lindo e o sol nos favoreceu. As meninas não param de falar, a sala está repleta de malas cor de rosa com apenas uma preta no meio. Léo fica rindo pelos cantos, fazendo caras de segredo, e eu já não aguento mais esperar.

— Léo, eu não sei que roupa colocar, já troquei mil vezes.

— Olívia, você está bem assim, meu amor, já falei.

— A culpa é sua, se tivesse me contado onde iríamos, eu saberia o que vestir e o que levar. Argh! Que raiva, Leonardo, você sabe ser frustrante.

Ele me puxa pela cintura e enquanto beija o meu pescoço, dá o aval final:

— Linda, você está linda. Confie em mim quando digo que está perfeita. Vamos, meninas? Prontas?

— Siiiiiiiiiiiiim, papaiiiiiiiiiiiiii… — elas gritam em coro, batendo palminhas.

Após Léo ajeitar tudo no carro e colocar as garotas em suas cadeirinhas, saímos para sabe-se lá onde. Ansiedade me define.

Eu reparo em tudo e me lembro do dia em que cheguei em São Paulo e olhava encantada pela vidraça do carro. Hoje faço a mesma coisa, e a cada dia me fascino com esse mundo gigante. Olho pra trás e constato que as duas pequenas dormiram. Toco nas mãos de Léo, que me olha ternamente. Sorrimos um para o outro e essa paz ultimamente é tão comum e tão certa para nós.

A estrada é cheia de serras, não tenho a menor intuição para onde estamos indo, mas assim que Léo estaciona e anuncia que chegamos no Guarujá e que estamos em uma cidade praiana, surto de tanto entusiasmo. Acordo as meninas e a nossa algazarra é tanta que pareço mais criança que elas.

Deixamos as bagagens no hotel que, por sinal, é lindo, espetacular, e eu nem quero pensar o quanto deve ser caro. Vamos para a praia que fica de frente para ele.

— Papai, é muita água aqui, olha que linda as ondinhas. Ah, papai, estou tão, tão feliz, o mar é lindo. — Bruna pula no colo do pai enquanto Bruninha, de mãos dadas comigo, me puxa até a beira da água.

Olho a imensidão do mar, a felicidade no rosto das três pessoas mais importantes da minha vida, e não tem como ser mais feliz.

Capítulo Trinta e Nove

LEONARDO

A melhor ideia que eu tive foi a de escolher o mar para trazer as minhas meninas e fazer o pedido para Olívia. Minhas filhas sabiam que eu iria pedir a mãe delas em casamento assim que saíssemos de férias, só não sabiam o local. Já, Olívia, está alheia a tudo.

Olívia é muito teimosa e não aceita de jeito nenhum dormir comigo por causa das meninas. Respeito a sua decisão, mas já perdemos muito tempo, precisamos curtir nossos dias intensamente. Diminuí o ritmo de trabalho no hospital, mas ainda assim fico pouco em casa. Finalmente consegui conciliar as minhas férias com as férias escolares das meninas.

Estamos na praia, em nosso segundo dia. Esperei que passasse o entusiasmo inicial para que ela absorvesse o pedido com exclusividade. Combinei com as meninas de cuidarem da caixinha com as alianças para mim. Digo que preciso fazer um comunicado e assim que tenho a atenção das três mulheres da minha vida, faço o pedido a Olívia de um jeito não muito romântico, mas com muito amor:

— Olívia, eu não tenho dúvidas de que foi Deus que colocou você no meu caminho e que não foi à toa que nossas vidas se cruzaram. Sei que foi de um jeito torto e até confuso, aliás, acho que foi um jeito bem errado, mas estou louco para que dê certo e para sempre. É tão fácil amar você e eu me apaixono mais a cada dia. Aceita ser a minha esposa?

— Diz "sim", mamãezinha, diz "sim"! — as meninas gritam entusiasmadas, pulando ao lado da mãe, enquanto Olívia me olha já sem conter as lágrimas de felicidade.

— Sim, sim, sim para sempre. Leonardo.

Minhas meninas gritam "oba!", meu coração repete a mesma palavra. Enquanto nos beijamos, entre as lágrimas de Olívia e as minhas, nossas pequenas nos separam.

— Papai, as alianças, papai!!!

As meninas colocam as alianças em nossos dedos, selando o nosso noivado.

Foram cinco dias fantásticos no Guarujá. Passeamos, curtimos o mar e descansamos. Nós quatro precisávamos desse momento, longe de tudo e de todos os problemas. Hoje é dia de voltar à realidade e vamos direto para a casa dos meus pais, que nos aguardam com um jantar e com toda a família reunida, já que *adiantei* que tinha uma novidade para contar.

Sempre um "auê" aqui na casa dos Dutra, todo mundo se abraçando, falando alto, hoje em especial a confusão está maior porque as meninas quiseram trazer presentes para todos e mal entramos, começaram a distribuição. Elas escolheram o que dariam para cada um, e foi muito lindo ver a cumplicidade das duas, as escolhas precisas e carinhosas. Sinto um orgulho imenso delas.

Papai bate um talher no copo fazendo barulho e chamando a nossa atenção. Pede que eu conte qual é a novidade. *Ah, santa família de italianos ansiosos!*

— Minha família, primeiro eu quero agradecer a vocês por tudo, por serem sempre presentes, prestativos, por me amarem incondicionalmente, cuidarem de mim, por terem sido compreensivos com Olívia e terem nos ajudado desde o início. É a melhor família que eu poderia ter. Sou afortunado por ter vocês, mas como sabem, faltava ainda uma parte de mim para eu ter a felicidade completa. Sendo assim, anuncio o meu noivado com Olívia.

Nem preciso dizer que foi uma algazarra, um falando mais alto que o outro, "uns que já desconfiavam, outros chorando, abraços, risos e lágrimas, tudo misturado", como um dramalhão de família que se ama e se quer bem.

As mulheres arrastaram Olívia e a bombardearam com as palavras *vestido, festa, casamento, logo, urgente, buffet, local, flores.* Eu ouço as palavras soltas no ar, sei que minha menina está em boas mãos e que minhas irmãs e minha mãe farão o melhor para a minha melhor.

No fundo, no fundo, confesso que, por mim, já casava hoje mesmo, só para ter a benção do sacerdote e ter Olívia definitivamente no meu quarto. Sou a porra de um homem sortudo pra caramba.

Antes de nos despedirmos, meu pai me solicita na biblioteca para uma conversa particular:

— Leonardo, estou muito orgulhoso de você. Desde o início, eu sabia que faria as coisas certas, que agiria com o coração, então toda a felicidade que hoje está colhendo são os frutos do bem que você plantou. Estou em paz por vê-lo tão feliz. Sábia escolha, meu filho.

Abraço apertado meu velho e atinado pai, meu exemplo e alicerce.

— Obrigado, senhor Lauro. Eu te amo.

— Também te amo, meu garoto.

Capítulo Quarenta

OLÍVIA

Eu já havia perdido as esperanças de algo bom para mim, pensava que a minha filha já era muito e às vezes nem mesmo me sentia merecedora dela. Seus olhos azuis me faziam esquecer um pouco a dor e sonhar ao mesmo tempo. Quando conheci minha filha verdadeira e seus olhos castanhos iguais aos meus, vi que não mostravam a tristeza que os meus olhos refletiam no espelho, e mais uma vez fui agraciada, até temia desejar mais desta vida.

Duas filhas, dois seres que me fazem ser melhor a cada dia, que fazem com que, cada vez mais, eu seja cada vez menos parecida com a minha mãe. Não tenho raiva ou ódio dela, já a perdoei em meu coração, mas se ela me ensinou uma coisa foi o fato de ser totalmente diferente dela. Carrego as minhas cicatrizes, sim, só que deixei a bagagem da dor que as criou faz tempo.

Agradeço a Deus as chances que eu tive, e não me apego às dores que passei ou tampouco me vitimizo. Agradeço a acolhida e o amor do padre Rudimar, meus anos no convento, e a troca das crianças, até isso foi "perfeito". Sozinha, não poderia ter curado Bruna ou nem mesmo descoberto a sua doença, não teria forças sem o amor das minhas meninas.

Leonardo é a coroação da minha paz e felicidade. Eu, que estava tão descrente da humanidade e principalmente dos homens, ganhei o melhor de todos; ele é generoso, carinhoso e amoroso, é como se o propósito da MINHA existência fosse pertencer a ele, não como uma submissão, mas como algo pleno e verdadeiro, de uma maneira avassaladora.

Amo esse homem e tudo que fez por mim, minha redenção, salvação, meu anjo protetor. Embora ele fale todos os dias que fui eu quem o salvou das sombras.

— Ei, se ficar olhando para esse homem aí na foto, eu vou morrer de ciúmes, sabia?

Léo entra no quarto e começa a beijar o meu pescoço, coisa que adoro, enquanto retira o porta-retrato que seguro de minhas mãos.

— É você na foto, seu bobo.

— Por isso mesmo, vem aqui que você me tem ao vivo e a cores, donzela. — Vira-me de supetão.

— Aiiii, me solta, Léo!!!

Léo me prende sob ele na cama e distribui beijos no meu rosto, pescoço e braços, sussurrando que me ama e eu me apaixono cada vez mais; ele cheira tão bem que tenho vontade de guardar num potinho esse odor de perfume e homem.

— Venha, vim buscá-la para irmos juntos pegar as garotas na escola, e se continuar me agarrando, não chegaremos a tempo.

— Você me enche de beijos, me deixa nesse estado e sou a culpada? Quem está me agarrando é você, doutor. E está muito animado, fiquei curiosa agora. Você sempre busca as meninas e chega mais tarde, o que está aprontando?

— Surpresa, Olívia. Sempre curiosa! Tenha calma, se ajeite e vamos, enquanto isso vou até a cozinha beber uma água.

— Ai, Leonardo, você é frustrante... Espera que vou me trocar rapidinho.

O gato do meu marido não me fala nada o caminho inteiro. As meninas entram afoitas no carro e cheias de segredinhos, então desconfio que estejam juntas nessa com o pai. Aliás, os três são cúmplices em tudo. Meu pedido de casamento foi uma combinação dos três, foi na praia, simples e inesquecível. Meu presente de formatura (fiz um curso técnico de gastronomia), um carro zerinho escolhido por elas (por isso é vermelho, a cor preferida delas), e todas as comemorações e presentes, têm o dedinho das nossas meninas.

Aliás, nos casamos no mês seguinte ao seu pedido, minhas cunhadas e minha sogra, que conhecem tudo sobre beleza, requinte e festas, organizaram nossa cerimônia, que embora simples, foi maravilhosa. Me ajudaram na escolha do vestido e de todas as coisas, o que nos uniu ainda mais em um ato de cumplicidade. Em um pequeno salão, com pouquíssimos convidados deles e de minha parte, apenas madre Teresa e a irmã Cícera (não foi possível que todas viessem). Nós oficializamos o nosso amor perante os homens e perante Deus. Entrei com as minhas duas filhas na minha frente e foi impossível não chorar vendo Léo em lágrimas se aproximando de nós. Dia inesquecível.

De repente, Léo para em frente a uma linda doceria e eu meio que me decepciono, afinal criei a tal da expectativa. Preciso aprender isso, Léo sempre me ensina: *"É melhor surpreender-se do que decepcionar-se, Olívia, expectativas causam decepção"*.

— Você é muito ansiosa, Olívia, viemos aqui apenas comer um doce, não é, meninas? — Ele nota a minha cara frustrada.

— Siiiiiiiiiiiim, papaizinhoooooooooo. — E o coro tão comum delas ressoa no carro.

Descemos e me apaixono pelo lugar, um bistrô cheio de charme com uma decoração romântica, aconchegante, um sonho de lugar, me encanto de cara. Até o cheiro me seduz, uma mistura de fragrância floral aliada ao cheiro dos doces, é inspirador.

Quando o garçom traz o cardápio, me espanto com a coincidência do nome: *"Doce Olívia"*. Mas ao abri-lo, deparo-me com a letra feia de médico do Léo, e olho para os três espectadores à minha frente, que dizem juntos:

— Leia logo.

Doce Olívia, amamos ter você em casa, mas vamos amar muito mais ter você aqui fazendo doces para levar em casa pra nós, ou quando a gente vir aqui te buscar e tomar um café por conta da casa, também quando preparar os doces das festas da família (de graça), vamos amar. Até mesmo quando você tiver muitas encomendas e colocar nós três para enrolarmos os docinhos, ainda assim, vamos amar. Esse lugar é seu e se deixar, será um pouco nosso também. Amamos você.

Léo, Bruna e Bruninha.

Mal tenho tempo de absorver a informação e a família inteira de Léo sai da cozinha, todos batendo palmas, se aproximam. Mais um sonho realizado, nem dá pra acreditar no que estou vivendo. É tanto choro misturado com os meus agradecimentos, felicitações de todos pra mim, que nem cabe no peito tamanha felicidade.

Passo a mão em cada detalhe, uma decoração romântica nos tons de azul e creme. Móveis de madeira em estilo colonial, flores, velas, uma decoração minimalista e aconchegante. É impossível descrever cada detalhe, é tudo lindo demais.

Sou apresentada à equipe de planejamento contratada por Léo: *"Essa é a patroa de vocês"*, frisou ele, o que me deu um frio na barriga.

Patroa? Ai, Jesus!

A equipe me auxiliará na parte burocrática, contratação de pessoal, enfim, é muita coisa para absorver. Mas a empatia por cada um é imediata. Léo havia encomendado doces de outro lugar e levou para preencher as vitrines, tudo bem realista. Nossa família barulhenta e cheia de carinho devorou todos, rimos, conversamos, as minhas cunhadas contaram toda a trajetória de Léo, do segredo e, por fim, agradeceram por ser revelado, pois estavam loucas para me contar.

— Olívia, esse nosso irmão, quando quer alguma coisa, é um pé no saco. — Caímos na gargalhada, porque Léo é mesmo bem persuasivo.

Aos poucos, todos vão embora e como Dona Lúcia "roubou" as meninas, restou apenas Léo e eu no lugar vazio. Léo fecha as portas e me puxa para um abraço.

— Eu já falei que seu peito é a minha melhor moradia, senhor meu marido?

— E eu já falei que sua cabeça em meu peito é a minha maior alegria?

— Hum... acho que temos a solução para os nossos problemas, vou colar minha cabeça aqui. Léo, obrigada, nem sei mais como te agradecer, nunca vou conseguir retribuir tudo que faz por mim e para as meninas, mas, por favor, para um pouco, senão a minha dívida com você será impagável.

— Ei, ei, não há o que retribuir, não é algo como *"ah, farei isso para ganhar aquilo"*, é presente e é de coração, e o mundo seria pequeno para que eu pudesse presenteá-la com tudo que tenho vontade. Mas, se fosse esse o caso, quem estaria em dívida seria eu, mocinha, porque você me faz tão feliz e completo que nada é mais importante do que você e as meninas para mim. Ei, me diga se gostou? Ficou com sua cara? Seu estilo?

— Se eu gostei? Amei, e olha, nem se eu tivesse feito, não teria tanto a minha identidade, é totalmente digamos, *"a Olívia em forma de doceria"*.

— Minha doce Olívia...Você merece o mundo. Confesso que preferia tê-la em casa, que vou morrer de ciúmes de você toda linda nesse balcão, o que com certeza vai triplicar o público masculino. Mas jamais poderia ser egoísta a esse ponto, você merece e precisa ter a sua independência. Quando terminou o curso de gastronomia, fiquei pensando em algo que lhe desse prazer, além de mim, é claro, e como sempre mencionou ter um negócio e como adora fazer doces, tive essa ideia, mas podemos vender hoje mesmo se não for o que desejar.

— Vender? Tá louco? Isso é mais do que sonhei, mas e se eu não der conta, Léo? É muita responsabilidade... sei fazer doces, mas gerenciar isso tudo? E se eu te der prejuízo?

— Olha, mocinha, claro que dará conta e tenho certeza que prosperará e muito. Estarei aqui para te ajudar, tem a equipe de planejamento, você vai montar a sua equipe de funcionários, calma. Também fará cursos, cada coisa a seu tempo. Você já é um sucesso. E isso aqui é seu, você não me deve conta de nada, se der lucro, ótimo, se der prejuízo você simplesmente para, busca ajuda, sei lá, só não sofra antes da hora. Agora, que tal estrearmos a cozinha e você fazer um doce para seu maridinho? Algo de preferência mole, tipo uma calda, pra eu jogar nessa sua barriga e degustar, hein?

— Humm... Sabia que você tinha segundas intenções. Tenho uma ideia, acho que uma calda de morangos combina com a minha pele rosada.

E fazemos amor ali, sem doces, apenas nosso suor, na mesa do meu futuro trabalho, com o meu para sempre marido.

Capítulo Quarenta e Um

OLÍVIA

— Dona Olívia, a senhora está chorando? O que aconteceu?

Estava absorta no meu trabalho enrolando doces, absolutamente nostálgica, quando minha funcionária questiona as minhas lágrimas. Enxugo-as e sorrio para ela.

— Em primeiro lugar, Júlia, não me chame de senhora, você me envelhece mil anos, menina.

Júlia está comigo desde que abri a doceria, entrou como estagiária e acabou se efetivando. É o meu braço direito e a minha funcionária mais antiga. Adoro essa menina, mas reconheço em seu olhar uma tristeza que suspeito a causa e ainda quero confirmar para ajudá-la.

— Segundo, não se preocupe, essas lágrimas são de pura felicidade. Sente-se aqui e me ajude a enrolar esses doces que eu te conto. Amanhã será aniversário de doze anos das minhas princesas e estou me sentindo tão grata por vê-las cada dia mais unidas e amigas, por serem meninas inteligentes, estudiosas e bondosas. O médico deu alta definitiva para Bruna, enfim, são tantos motivos para agradecer, tantas alegrias, que transbordei em lágrimas. Sou chorona mesmo.

— Então vamos caprichar nestes doces, pois esse aniversário merece os melhores doces do mundo.

Adoro essa menina e seu entusiasmo. Graças a Deus, a minha doceria está prosperando. Foi mais fácil do que eu imaginava. É claro que Léo me ajudou na contratação de pessoal qualificado e eu amo a minha equipe. Além do atendimento no estabelecimento, fazemos encomendas diversas e a demanda cresce a cada dia. E para minhas filhas lindas e amadas, fiz os melhores doces do cardápio.

***

O dia voou e preparei a mesa de doces mais linda do mundo. A minha equipe me ajudou, e o buffet contratado para servir a comida deu o toque final. Fui para casa correndo. Como sempre, sou a última a me arrumar. Minhas princesas e Léo estão prontos na sala e ficam me apressando o tempo todo. Tenho ajuda das garotas para me maquiar e arrumar os cabelos. Eu amo essa nossa interação e troco todos os salões do mundo por este momento.

A festa está linda, repleta de amiguinhos das meninas, toda nossa família, Dona Carolina e senhor Roberto e, claro, madre Tereza; desde o primeiro aniversário das meninas que comemoramos juntos, o de oito anos, Léo compra as passagens para que ela venha e isso é magnífico. Meu marido é maravilhoso.

Recordo-me do aniversário de oito anos e da emoção que contagiou a todos, as duas unidas e felizes com o tema escolhido em comum acordo, a festa em si inédita para Bruna. No fundo, foi uma festa para selar nossa alegria e extravasar sentimentos.

— Ei! Por que está aqui sozinha e pensativa, meu amor?

— Ah, Léo, estou admirando essa festa linda, o capricho com o qual você despende para dar o melhor a elas. E o quanto elas são meninas conscientes, que mesmo não lhes faltando nada, não são mimadas.

— Olívia, nossas pequenas merecem o mundo exatamente por não almejarem mais do que amor e união. Mas esse ano a festa ficou muito mais cara. Os doces que encomendei eram os melhores da cidade e a doceira cobrou uma pequena fortuna por eles.

— Jura? Ah, que desperdício, Léo. No ano que vem, encomendamos uns mais baratinhos. — Sorrimos.

— Mamãe e papai, venham logo, chegou a hora de cantar os parabéns.

"...nesta data querida, muitas felicidades, muitos anos de vida..."

Capítulo Quarenta e Dois

LEONARDO

A mesa posta na delicadeza que lhe é peculiar: flores, velas, guardanapos sincronizados, todos os aparatos. Na casa, o cheiro que denota é o cheiro de amor puro, de lar, de rosas e de Olívia.

Um pouco mais de esmero em toda preparação, porém não é preciso um dia especial para que minha casa seja harmoniosa, para que existam jantares elaborados, tampouco importa se há só uma sopa, pois o cuidado, o carinho, isso sobra sempre dos dois lados, seja de quem faça.

Hoje é Olívia quem preparou o jantar, a mim ficou a incumbência de comprar o vinho que agora coloco sobre a mesa tão belamente arrumada enquanto ouço embaralhado ao silêncio da casa o som de *Eu sei que vou te amar*, pela voz de Adriana Calcanhoto, que toca baixinho, e o barulho da água caindo no chuveiro junto à voz doce e desafinada de Olívia cantando.

Aproximo-me da porta do banheiro para vê-la, mas recuo. Primeiro porque não resistirei à minha esposa nua e molhada; e, segundo, porque quero a surpresa toda, quero que ela tenha tempo de fazer o planejado, conheço minha pequena, irá colocar a roupa nova, se perfumar e vir até a sala me encontrar. Adianto-me, abro o vinho, sirvo-me de uma taça, coloco o meu presente para Olívia embaixo do seu guardanapo e delicio-me com a música. Eu a espero para comemorarmos nossos quatro anos de casados. Neste momento, permito a nostalgia dos tempos me consumir.

Lembro-me de ontem apenas, onde deixei as meninas na escola e fui trabalhar. No meu retorno para casa, ao fim do dia, passei na doceria, peguei minha esposa e a encomenda, surpreendendo-a por ser eu o cliente "misterioso" que havia encomendado tantos doces finos, só para a gente degustar sem pressa e sem culpa. Caídos no chão da sala, rindo muito, os quatro engordando, felizes.

E me lembro do primeiro dia de Olívia entrando nesta casa, seus olhos assustados, seu jeito tímido, acanhado, seu medo que transbordava em sua respiração. Em cada derrota e em cada vitória que tivemos na descoberta do nosso amor e na coragem de amar.

Cada dia, cada momento, carrega nossa história. Nosso ontem que construiu o que somos hoje, uma família edificada no amor, companheirismo, na nossa crença, efetivamente a verdade de um lar, tudo que sempre sonhei. Há contratempos, altos e baixos, claro, somos humanos, falíveis, porém a força de Deus que possuímos é indestrutível e é esse sustento que nos mantém de pé e unidos.

Nossas filhas estudiosas, saudáveis e amigas entre si, minhas irmãs, sobrinhos, meus pais, ou seja, uma família extraordinariamente fantástica... os pais de Marcela que mudaram e acima disso passaram a aceitar Olívia e Bruninha numa convivência pacífica e de afeto, estão sempre inseridos nas nossas vidas. As meninas passam alguns finais de semana e férias com os avós. E o meu trabalho que me realiza, o de Olívia que a realiza. Enfim, tudo se encaixou, cada peça em seu devido lugar.

Olívia e eu criamos uma ONG, apoiada e financiada por nós, por minhas irmãs (principalmente por Letícia, que conseguiu apoio jurídico também), por minha ex-sogra e parte do dinheiro do padre Rudimar, onde cuidamos de meninas que foram violentadas e abandonadas. Ali acolhemos, atentamos pela parte psicológica, fisiológica e principalmente da alma e do coração de cada menina, uma ONG cristã, onde além de amparo físico, há o amparo interno a apresentação a Deus. Infelizmente o número de nossas meninas têm crescido. De um lado, sofremos por haver tantos casos cruéis; por outro, regozijamo-nos por oferecer um horizonte a elas.

Essa ONG é a paixão de todos nós, mas vejo no rostinho de Olívia sua alegria em ajudar essas meninas. A casa de Campo Verde, ela optou por alugar, assim, há mais verbas para ajudar na associação, cujo nome é "Marias", uma singela referência a ela e a sua irmã, e a tantas "Marias" que sofrem neste mundo.

Contratamos detetives para encontrarmos sua irmã. Eu, felizmente, não desisti. Em segredo, continuei as minhas buscas e vou realizar esse sonho da minha esposa muito em breve.

— Ei, mocinho, está uma taça à minha frente?

Antes mesmo que Olívia falasse, já tinha sentido o seu cheiro. Tenho os seus braços em meu pescoço e, como sempre, me beija docemente.

— E então, meu marido por quatro anos. Hoje comemoramos a felicidade ou o arrependimento?

— A felicidade, minha querida, sempre a felicidade. Você está tão linda, adoro quando usa vestido. Concede-me essa dança?

— Concedo-lhe todas as danças, meu amor. Eu sei do seu interesse em vestidos e posso garantir que não tem nada de beleza, não é?

Vestidos possibilitam o acesso dos meus toques no corpo divino da minha rainha. E nesta noite só nossa, a comemoração é fantástica, dança, beijos, vinho, jantar dos deuses... tudo perfeito, até que as coisas melhoram ainda mais no momento em que abrimos nossos presentes ao mesmo tempo.

A surpresa dos nossos rostos e as lágrimas não contidas não poderiam apontar qual de nós estava mais feliz e surpreso com o que acabamos de ganhar um do outro.

No meu presente para Olívia, uma carta. A carta de sua irmã.

Um dos detetives me contou o paradeiro dela e após eu ter a certeza, entrei em contato e preparei o encontro entre elas. Na carta, além de dizer que mora em Buenos Aires, na Argentina, foi adotada por uma família e vive bem. Hoje se chama Raquel e também procurou por Olívia por todos esses anos. A irmã termina a carta contando que chegará ao Brasil na próxima semana, fato combinado comigo. Provavelmente a dificuldade que impossibilitou essa busca foi a troca de nomes e cidade de ambas. Mas, enfim, essa angústia terminará e o reencontro das irmãs será surpreendente e emocionante, até eu estou ansioso.

No presente de Olívia para mim, um par de sapatinhos de bebê e um resultado de exame de gravidez:

"Positivo."

Entre lágrimas, risos e abraços, confidenciamos que o mais difícil de tudo foi esperar para revelar, afinal de contas não há segredos entre nós, e os dessa noite, de ambos, foram extraordinários.

A felicidade nos derruba em nossa cama, onde completamos a comemoração com a entrega completa de nós. Um sexo sempre maravilhoso, porque é mais do que corpo, é alma.

Nossas vidas foram cruzadas pelo destino, pelo erro, por Deus, mas acima de tudo, pelo AMOR que foi capaz de nos curar e abençoar.

Epílogo

Cara Olivia

Resolvi escrever essa carta para que sua cabecinha teimosa não refute as minhas decisões no testamento.

Não quis alardeá-la, mas desde a minha internação, sabia que me restava pouco tempo de vida, então aproveitei para organizar todas as minhas pendências.

Não fique triste, entenderá que neste ponto a "ignorância" é a melhor companhia, a morte não é algo fácil de se esperar.

Olivia, eu te amei desde o primeiro dia em que chegou à igreja, e mesmo contrariando minha escolha sacerdotal, adotei você como filha. Nunca verbalizei, perdoe esse velho turrão, mas sim, você é minha filha do coração.

Sempre soube da sua força e sei que irá superar todos os obstáculos. Quando esmorecer, pense em Deus, Ele é o nosso alicerce.

A morte não é nada além de uma separação temporária, não dê a ela mais poder do que vale.

Todas as minhas decisões do testamento foram baseadas em meu coração; aceite-as com amor e sinta-se merecedora de cada uma delas. Não sei qual o momento está vivendo, mas se puder acatar um conselho, mude-se para Campo Verde, mesmo que seja por um curto período, viva a experiência de ser a dona de sua história.

Anexado ao meu testamento está todo o processo de como deverá agir, e a quem procurar, referente aos bens que recebeu. Ninguém enganará você, deixei tudo esmiuçado.

Não sei o desenrolar sobre a troca das crianças, mas confio em Leonardo e sei que também pode confiar, ele é um bom homem. Seja como for, se precisar de advogado, conte com Dr. Francisco, este que lhe entregou a carta. Tudo o que precisar, ele te instruirá.

Que Deus te abençoe infinitamente. Obrigado por me amar.

Com todo amor de um pai.

Padre Rudimar.

OLÍVIA

Estamos no aeroporto aguardando a minha irmã que virá passar as férias com a gente. Desde o nosso reencontro, tornou-se nossa tradição as férias serem compartilhadas. Parece que foi ontem a primeira vez que estive aqui há três anos. A emoção que foi olhar nos olhos da minha irmãzinha e não ver mais aquele medo estampado em seu olhar, a sensação incrível de abraçá-la, as histórias trocadas, anos para serem colocados em dia, o passado definitivamente enterrado dentro de cada uma de nós.

Penso no tanto que os laços de sangue são fortes, a união e o amor no seio da infância, mesmo que eu e minha irmã, que hoje se chama Raquel, tenhamos ficado tantos anos separadas, nada apagou o que fora cunhado em nossos corações.

Felizmente a minha irmã teve uma história feliz, foi corajosa. Contou-me que assim que eu saí de casa naquela fatídica noite, seu pai, o infeliz do Jairo, bateu em nossa mãe até que ela ficou desacordada. Maria de Lourdes saiu correndo pelas ruas, gritando por ajuda e chorando sob a tempestade que cobria Santa Graça. Foi acolhida por um policial que passava naquele momento. Chegamos à conclusão que Deus olhou para aquelas duas pequenas meninas e enviou dois anjos, um na forma do policial, o outro na figura do padre Rudimar.

Ele a levou para a pequena delegacia, deixou-a sob os cuidados do delegado e voltou à casa para salvar a nossa mãe, mas infelizmente estava morta, caída no chão quando ele chegou lá. Jairo havia fugido, mas foi capturado na cidade vizinha no outro dia de manhã e levado para uma penitenciária em João Pessoa. Desde esse dia, nenhum de nós soube mais nada dele. Maria relatou aos policiais sobre mim, todo o ocorrido. Eles me procuraram, mas sem êxito, desistiram, negligenciando os fatos contados por uma pequena garota.

A irmã do delegado que passava as férias em sua casa se encantou por Maria e entrou com pedido de adoção, e assim que os trâmites foram resolvidos, levou-a para Buenos Aires e a registrou como sua filha, Raquel Velasque.

Raquel foi bem criada, estudou e formou-se em direito, mas não exerce a profissão. Dedica-se à vida política, assim como a sua mãe adotiva. Seu próximo passo é concorrer como vereadora da capital Buenos Aires, cidade esta que sua mãe já exerceu dois mandatos como prefeita. Ainda solteira, não tem pretensão de se casar tão cedo.

Claro, como era de se esperar, a família do Léo, além de acolher, se apaixonou pela minha irmã, e a reciprocidade da família dela para conosco foi a mesma. É óbvio que a levei ao convento e as irmãs, assim como nós, se emocionaram demais. Sua mãe, Sarah, viúva, tem mais uma filha adotiva, já casada e mãe de dois meninos. Parece que na verdade somos todos uma grande família, separados apenas por uma ponte aérea e tempos de compromissos.

Mas, enfim, férias. O avião pousa, trazendo dentro dele uma extensão de mim, aquela que é meu sangue, meu amor, minha irmãzinha tão amada.

Raquel aparece, lindíssima, vestida com classe e requinte. Não há mais nenhum traço da frágil menina desamparada, as mãos repletas de sacolas, ela adora presentear "os sobrinhos". As meninas, já mocinhas, aguardam ao meu lado, ansiosas, esperando a tia se aproximar, afinal não podem dar "bafão". Elas e a tia são super amigas, inclusive me excluíram de um grupo desses de aplicativos de telefone porque eu não "me encaixo na modernidade". Já Leozinho solta da minha mão e corre para os braços da tia, que coloca as sacolas no chão para rodá-lo no ar, num abraço cheio de amor e saudade.

Discretamente enxugo uma lágrima, de pura e intensa felicidade. Aqui, neste pequeno espaço, está toda a minha vida.

— Ei, Olívia, você está cada dia mais bonita, irmã. Como está a doceria? Estou morrendo de vontade de comer aquelas delícias. Cadê o meu cunhado? — Ela se aproxima me abraçando e enchendo de perguntas, a ânsia de sabermos sempre uma da outra é inexplicável, mesmo que a gente se fale todos os dias por telefone.

— Olha quem fala, você toda chique e executiva, linda e exuberante. A doceria está cada vez mais me consumindo, mas eu amo. Vamos, todos da família do Léo já estão ansiosos te esperando. Conforme combinado, churrasco, piscina e, claro, fiz pessoalmente todo o cardápio de doces para você. Léo não veio porque está de plantão, mas irá direto para a casa dos pais dele. Temos muitos assuntos para colocar em dia, irmã.

— Ei, gatão da titia, cada vez que venho aqui, você cresce um monte — Raquel diz, enchendo meu filho de beijos. Ele sorri. Seu sorriso é como o do Léo, formando uma covinha ao lado da boquinha tão perfeita. Aliás, ele é uma minicópia do pai, cabelos e olhos negros, pele clarinha, bonzinho e carinhoso. As meninas também estão moças, cada uma com sua beleza, elas são inseparáveis e filhas maravilhosas.

O caminho até a casa dos meus sogros é preenchido por muitas novidades, todos querendo falar ao mesmo tempo. As meninas ficam fissuradas na tia quando ela conta do seu trabalho como assessora do governador. Leozinho se preocupa em abrir os presentes antes mesmo de chegarmos. É uma algazarra.

E eu, enquanto dirijo — sim, aprendi a dirigir em São Paulo, depois de esgotar meus pedidos do aplicativo do Uber e criar coragem —, apenas escuto as vozes que enchem o meu coração de amor.

Essa minha vida imperfeita, tão perfeita para mim, precisou passar por tantos caminhos tortuosos até achar a estrada certa, aquela que me levaria à felicidade...

Aponte a câmera do celular para o QR Code abaixo e conheça mais livros visitando o nosso site.